三岛由纪夫

金阁寺

きんかくじ

(日)三岛由纪夫 著
竺家荣 译

北京联合出版公司
Beijing United Publishing Co.,Ltd.

雅众文化 出品

I

第一章

小时候，父亲就总是对我提起金阁[1]。

我出生的地方，是舞鹤东北方一个凸向日本海的荒僻海岬。父亲的家乡不在那里，而是舞鹤东郊的志乐。在家人切望下，父亲削发为僧，成了偏远海岬上的寺院住持。之后在此地娶了妻，生了我这个儿子。

成生海岬的寺院附近，没有适合我的中学。所以，我很小便离开双亲，借住在父亲老家的叔父家中，每天走着去东

1　金阁寺，足利三代将军义满，于应永四年(1397)，从西园寺家换得这块称为“北山殿”的山庄后，开始建造的殿宇。义满死后，依照其遗愿，改为禅寺，起名鹿苑寺。因义满生前将其中的舍利殿修得金碧辉煌，当时已有人称其为“金阁殿”。当时还修建了十几座殿堂，非常壮观，可惜在应仁之乱中，大部分建筑物被焚毁，只有舍利殿幸免，成为北山文化仅存的遗址。舍利殿因贴金箔而通称为金阁寺，昭和二十五年(1950)被一僧人纵火烧毁。昭和三十年(1955)重建。

舞鹤中学上学。

父亲的故乡是个日照非常充足的地方，不过，一年当中的十一月、十二月，即便是晴空万里，不见一丝云影，一天也会下四五场阵雨。我总觉得自己阴晴不定的个性，多半就是受了此地风土的滋养。

比方说五月的傍晚，放学回来后，我常常从叔父家二楼上的书房里，眺望对面的小山丘。翠叶覆盖的山腰，映在夕阳下，宛如在原野上立起了一面金屏风。每每望见这美景，我便联想起了金阁。

虽然从照片或教科书里频频看到实物的金阁，可我内心里，还是更向往父亲描述的梦幻般的金阁。父亲并没有把金阁说得多么金碧辉煌，但是在父亲看来，人世间没有任何东西可以和金阁媲美，再加上“金阁”这两个汉字和音韵，我想象中的金阁简直是美轮美奂的。

每当看到远方的水田在阳光下闪烁时，我都会把这景色看作目之所不及的金阁的投影。福井县和我家这边的京都府的分界吉坂岭，位于正东方向。每天太阳都从那吉坂岭一带冉冉升起。虽然那山岭的方向与京都相反，我却从山谷的朝阳中，望见了高耸云霄的金阁。

金阁，就是这样无处不在，却又看不见摸不着，从这点来说，恰似这个地方的大海。舞鹤湾虽说离志乐村西边不过五六公里远，却被高山遮住，根本看不见它。虽如此，这地方常年弥漫着大海的气息。海风时而送来海潮的气味，海浪翻卷时，会有成群的海鸥逃到水田里来。

我身体羸弱，不单跑步、玩单杠比不过别人，还天生口吃，这更让我自卑。而且，学校的人都知道我是寺庙住持的孩子。坏小子们学着口吃和尚结结巴巴地念经来取笑我。说书故事里，一有口吃的探子出场，他们就故意大声念出这段叫我听。

口吃，在我与外界之间设置了一个障碍，这是肯定的。我说话时，总是不能顺顺当当发出第一个音节。这第一个音节，就像是打开我的内心和外界之间的那道门锁，而这把锁从不曾顺利地打开过。正常人凭借随意操控语言，可以让内心与外界之间门户洞开，空气流通，对我来说却是难上加难，因为这把锁已经生锈了。

当口吃的人为了发出第一个音节而焦躁不已时，内心就好比想摆脱浓稠的粘鸟胶而拼命挣扎的小鸟一样，当它终于挣脱出来时，已经太迟了。当然，在我垂死挣扎之际，似乎外界偶尔也会歇息片刻等着我。可是等候我的现实，已不是新鲜的现实了。即便我费了好大力，终于抵达外界，那里总是瞬间变了颜色，错过了时机……而且只有这种貌似适合我的不新鲜了的现实，散发着半腐臭味儿的现实，横亘在我面前。

这样一个少年，逐渐产生了相反的两种权力意志，是不难想象的。我喜欢看描写历史上的暴君的故事书。假如其中有我这么个口吃而少言的暴君，臣仆们想必要瞧着我的脸色，整天如履薄冰吧。我根本没必要使用明晰而流畅的词语，使我的残忍正当化。因为我只需不发一言，就能使一切残忍正当化。我愉快地幻想着一个接一个地惩罚平时蔑视我的教师和同学，愉快地幻想自己成为内心世界的国王，成为冷静达观的大艺术家。我只是表面上贫穷，但精神世界比任何人都要富有。抱有难以克服的自卑感的少年，认为自己是被悄悄挑选出来的选民，不是理所当然的吗？我总觉得在这世上的某个地方，自己还不知晓的使命，正等着我去完成呢。

……我不禁想起这么个故事。

绵延群山环绕着的东舞鹤中学，是一个拥有宽阔体育场的新式而明亮的校舍。

五月的一天，在舞鹤海军轮机工程学校[1]上学的一个中学时的学长，请假到母校来玩儿。

他晒得很黑，军校制服帽檐遮到眼眉，高挺的鼻梁，从头到脚都透出勃勃英气。在学弟们面前，他讲述了军校里纪律严明的拘谨生活，而且，是用谈论穷奢极欲的生活般的语

1 日语为“海军机关学校”，机关，在日语里是轮机工程之意。为日本二战时期三大海军军校之一。

调，在诉说那囚徒般的生活的。他的举手投足都充满了自豪，年纪轻轻就非常清楚自谦的分量。他身着饰有蛇腹形饰线的制服，宛如乘风破浪前行的船首雕像一样挺着胸膛。

环绕体育场有两三级大谷石台阶，他下到台阶上坐了下来。四五个学弟围着他，听得入了迷。五月的各色花卉——郁金香、香豌豆、银莲花、虞美人等，在斜坡上的花圃中争相怒放。头上方的厚朴树开着大朵白花。

讲话者和听众都像一个个塑像似的一动不动。我独自一人坐在离他们约两米远的体育场的长椅上。这就是我的礼仪。是我对于五月的百花和引以为豪的军校制服、朗朗笑声的礼仪。

这位年轻的英雄，似乎更在意我，而非他的那些崇拜者。他大概是觉得唯独我不被他的威风压倒，这感觉伤害了他的自豪感。他问其他人我叫什么名字后，跟初次见面的我打了个招呼：

“喂，沟口。”

我没有回应，只是不转眼珠地瞧着他。他对我露出的笑容里，含着近似权势者特有的媚态。

“能不能回句话呀？你是哑巴吗？”

“他是个结、结、结巴。”

他的一个崇拜者替我作答，大家都笑得直不起腰来。嘲笑这玩意儿实在太刺眼了。对我而言，同学发出的少年特有的残忍笑声，有如反射着阳光的茂密树叶般璀璨。

“怎么，是结巴？你也想上海军学校吗？结巴这毛病，不出一天，就能修理得不结巴了。”

“不想去。我得去当和尚。”

我不知是哪根筋不对，竟然迅即给出了明确的回答。说得异常流利，与自己的意志无关地脱口而出。

没有一个人说话。年轻的英雄低下头，揪了一根草，叼在嘴里。

“噢，这么说来，过几年以后，我也得烦劳你为我念经呢。”

那一年太平洋战争已经爆发了。

……此时此刻，我确实萌生了一种自觉。那就是，我已经向黑暗的世界张开双臂等着它们了。不久的将来，五月的鲜花、军校制服、坏心眼的同学们，都将进入我张开的双臂里。我将从底层勒紧、抓牢这个世界……然而，作为少年，以这种自觉为荣，未免太沉重了。

因为自豪感必须是更为轻松、明朗、清晰、灿烂的东西。我想要的是看得见的东西，想要谁都看得见，且使我感到自豪的那种东西。比如说，他腰上佩戴的短剑，就属于这种东西。

中学生都特别憧憬的短剑，无疑是美丽的装饰。听说海兵学校[1]的学生，偷偷用这短剑削铅笔，故意将这样庄严的象征用于日常琐事，实在太酷了。

他将脱下的海军学校制服，随手挂在白漆栅栏上，然后将裤子、白衬衣脱下来挂上……这些衣物紧挨着花丛，散发着年轻人的体臭。蜜蜂当这白晃晃的衬衣是花朵，落在上面歇息。装饰有金丝绣带的制服帽，就像深深戴在他头上一样，端正地扣在一根栅栏顶端。此时，他接受学弟们的挑战，到体育场后面的相扑场去玩相扑了。

他脱下来的这些衣物，给人以“荣耀的坟墓”般的印象。五月的锦绣百花，更增强了这种感觉。特别是帽檐黑亮的军帽，以及挂在它旁边的皮带和短剑，脱离了他的身体，愈加放射出某种抒情之美，它们几乎与回忆同样完美无缺……就是说，看上去好像是这位年轻英雄的遗物。

相扑场那边响起了一阵呐喊声。我确认四周没有人，从兜里掏出生锈的铅笔刀，悄悄走近栅栏，在那把漂亮短剑的黑剑鞘内侧，划了两三道难看的刀痕……

……看了上面的记述，怕是有人会断言我是个有诗人气质的少年吧。可迄今为止，别说作诗了，连笔记什么的，我

1　海兵学校，是“海军兵学校”的简称。是培养海军军官的学校。为日本二战时期三大海军军校之一。本部在广岛县江田岛，分校在舞鹤。

都没有写过。因为我缺乏一种冲动，就是用别的能力弥补自己不如他人的能力，以此来超越别人的冲动。换个说法就是，要想做艺术家，我过于傲慢了。我虽梦想成为暴君或艺术家，却止步于梦想，根本不想踏踏实实地做成一件事。

由于不被别人理解，已成了我唯一的尊严，因此，我从不会为了让外界理解自己，而冲动地去表现。我觉得自己命中注定，不具有能让人们看到的东西。我的孤独感日益膨胀，就像肥猪那样。

我突然回想起我们村里发生的一个悲剧。尽管我与该事件毫无干系，却总觉得自己参与了此事，一直无法释然。

通过那个事件，我猝然直面了一切。直面人生、官能、背叛、憎恨和爱情，等等所有的东西。而且，我的记忆总是喜欢否定和无视其中潜藏的崇高的因素。

和叔父家相隔两户的那户人家，有个貌美如花的姑娘，名叫有为子。她有一双清澈的大眼睛。也许仗着家里有钱吧，这姑娘甚是娇蛮。虽然所有人都哄着她，她却性情孤僻，不知在想些什么。好妒忌的女人们背地里嚼舌头，说她多半还是个处女，不过瞧她那副长相，肯定是个石女。

有为子从女子学校刚毕业，就当了舞鹤海军医院的义务护士。她家离医院不远，所以骑自行车上班。她每天早上，天还没亮就出门去上班，所以比我们上学的时间，还早两个多小时。

一个夏天的晚上，我思念有为子的身体，沉浸在阴郁的空想之中，睡不着觉，便摸黑起床，穿上运动鞋，走出房间，外面还是一片黑暗。

我迷恋有为子的身体，并非始自那天晚上。起初只是偶尔思念，渐渐地固化了，恰似这思念的聚合体一样，有为子的身体慢慢凝结成了白皙而富有弹性的、浸没于暗影中散发着香气的一种肉体形态。我想象着触摸它时自己手指上的热感，想象着手指感受到的弹性和花粉味儿的芳香。

我顺着拂晓时分黑蒙蒙的路一直往前跑。石头也没能绊倒我，黑暗在我面前通行无阻。

当道路变宽时，我已经跑到了志乐村安冈的附近。那里有一棵高大的山毛榉树。树干被朝露打湿了。我躲在这棵大树后面，等着有为子从村子那边骑自行车过来。

我等她并不是想干什么。连我自己也不知道，这样气喘吁吁地跑到这儿来，在山毛榉树下歇口气之后，下面要干些什么。可是，我抱有一个幻想：由于自己一直过着与外面的世界无交集的生活，因而一旦跳到了外界，一切都会变得轻而易举，皆有可能。

库蚊叮了我的腿。四处传来鸡鸣。我迎着晨曦眺望路上，看见远处出现了一个白乎乎的东西。我以为那是曙光，原来是有为子。

有为子好像骑着自行车，前灯亮着。自行车无声无息地滑行而来。我突然从山毛榉树后头跑到了自行车前面。自行车猛地刹住了。

这时，我感到自己变成了一块石头。意志、欲望、一切的一切都化作了石头。外界与我的内心毫无关联地再次牢牢地包围了我。我从叔父家里出来，穿着白色运动鞋，沿着拂晓前的黑暗道路，一直跑到这棵山毛榉下，只不过是循着自己内心的指引，不顾一切地跑来罢了。昏暗中朦胧浮现出来的村庄里一个个屋顶的轮廓、黑乎乎的树丛、绿叶覆盖的黑色山顶，就连面前的有为子，也都令人吃惊地变得毫无意义了。不等我的参与，现实已经赋予了我，而且，这无意义的巨大而黑暗的现实，正以我从未见过的重量向我紧逼过来。

现在能够拯救自己的只有语言了，我像以往那样思忖着。这恰恰是我独有的误判。每当应该行动的时候，我总是被语言分心。这也是由于从我口中很难顺畅地说出话来，所以我一心惦记着说话，结果忘了行动。因为我认定，行动这种光怪陆离的家伙，常常与光怪陆离的语言如影随形。

我的眼睛什么也没有看。但是我猜想，有为子起初很害怕，一发现是我，便目不转睛地盯着我的嘴巴看。她很可能在盯着一个在黑暗中毫无意义地翕动着的无趣的小黑洞，就像野生小动物巢穴那样的肮脏难看的小洞，简言之，一直在瞧我的嘴巴。当她确认从这小黑洞里，绝对不会产生任何连接外界的能力之后，才放下心来。

“真好笑。你一个结巴，还敢吓唬人!”

有为子开口道。她的声音里含有晨风的端庄和凉爽。她按响车铃，又骑上了自行车，像躲开石头似的绕过我骑走了。有为子越骑越远了，四下无人，我仍然能听见从远远的水田那边，传来一声声嘲笑般的铃声。

当天晚上，由于有为子告状，她母亲找上了我叔父的家门。我被一向很温和的叔父狠狠训斥了一顿。我诅咒起有为子来，盼着她死掉。几个月后，我的诅咒竟然应验了。从那以后，我就开始相信诅咒别人会应验了。

不论是睡觉还是醒着，我都巴望着有为子死掉，祈求见证我的耻辱的人彻底消失。只要见证人没有了，耻辱便会从世上根绝的。他人全部是见证人。虽说如此，只要他人不存在，就不会产生耻辱的感觉。我看见有为子的面容，在昏暗的黎明中，像水那样发着光，看见了她盯着我的嘴巴看的眼睛后面的他人的世界——也即，绝不让我们孤独生存，主动地成为我们的同谋或见证人的他人的世界。他人都必须死光。为了让我能够堂堂正正地仰望太阳，世界必须灭亡……

那次告状后过了两个月，有为子辞去海军医院的工作，闭门不出了。村里的人说什么的都有。当年秋末时，发生了那个事件。

……我们做梦都想不到，竟然有个海军逃兵逃进了我们的村子。中午，宪兵来到了村公所。不过，宪兵到村里来并不稀罕，我也没觉得是多大的事。

那是十月底的一个晴天，我照常去了学校，晚上做完作业，就准备上床睡觉了。我正要熄灯，看见窗下的村路上，有好多人像一群狗似的，气喘吁吁地奔跑着。下楼一看，大门口站着一个同学，冲着被吵醒的叔父、婶母和我，瞪大双眼喊道：

“刚才在那边，有为子被宪兵抓走了，咱们一起去瞧瞧吧。”

我蹬上木屐跑了出去。那天夜晚皓月当空，刚刚收割后的稻田里，四处竖着稻架清晰的影子。

一群黑乎乎的人影，正朝着一丛灌木的阴影里移动着。穿着黑色衣服的有为子坐在地上。她脸色惨白如纸。四五个宪兵和她的父母围着她。一个宪兵拿出一个饭盒样的东西，冲她大声喝问。她父亲的脸忽左忽右地转动，一会儿向宪兵说好话，一会儿斥责女儿。母亲蹲在地上哭泣着。

我们隔着一块水田，站在田埂上瞧着。看热闹的人越聚越多，鸦雀无声地肩挨着肩，月亮被压缩了似的，远远悬在我们的头上方。

那个同学对我悄声地说了一遍来龙去脉。

据说，有为子带着饭盒，偷偷从家里出来，送到邻村去的路上，被埋伏的宪兵抓住了。据说这饭盒，肯定是给那个逃兵送去的。那个逃兵和有为子是在海军医院里好上的，后来有为子怀了孕，被医院辞退了。宪兵使劲追问逃兵的藏身之地，有为子仍旧坐着不动，怎么问也不吭声……

我一眼不眨地凝视着有为子的脸庞。她看上去就像是个被人抓住的疯女人。在月光下，她的脸上毫无表情。

迄今为止，我从未见过如此决绝的脸。我一直认为自己的脸是被世界拒绝的脸，而有为子的脸则是在拒绝世界。月光毫不留情地倾泻在她的额头、眼睛、鼻梁和脸颊上，但是这张无表情的脸，只当是被月光洗涤着似的。我心想，她只要转一下眼睛，张一下嘴巴，她拒绝的世界就会以此为信号，从那里涌进来的。

我屏住呼吸，出神地盯着她的脸。历史在那里被中断，无论朝向未来还是过去，这张脸都不发一言。我们曾在刚砍伐的树墩上，见到过这张不可思议的脸。这张不可思议的脸，即便是新鲜的、水灵灵的，也已然被中止了成长，它沐浴着本不该沐浴的风浸雨淫和日光月华，突然暴露在本不属于自己的世界里，在这树墩的横断面上，有为子画出了美丽的年轮。这张脸只是为了拒绝，才被暴露在这个世界上的……

有为子的脸呈现出的美丽如斯的瞬间，使我不能不感到，无论在她的人生中，还是在旁观它的我的人生中，都再不会看到了。这娇美的容颜持续的时间，并没有我预想的那么长，因为这张美丽的脸上突然出现了表情。

有为子站了起来。我仿佛看见她此时在笑，仿佛看见她那雪白的门牙在月光下闪烁。对于她脸上出现的变化，我无法描述得更详细。因为有为子站起来后，她的脸离开了明亮的月光，被遮挡在树影中了。

没能看到有为子决心背叛时的表情骤变，我觉得是件遗憾的事。如果能够看清这一变化，也许我也会生出宽恕别人之心、包括宽恕所有丑恶之心的。

有为子指了指邻村的鹿原山后面。

“在金刚院!”宪兵大喊一声。

于是，就连我也产生了小孩子去看祭祀活动般的欢喜。宪兵立刻分散开，把金刚院团团包围了起来，还要求村民们予以协助。出于幸灾乐祸的心理，我和五六个少年一起，加入了有为子打头的第一队。有为子在宪兵的押解下，领头走在月光映照的路上，看到她那充满自信的坚定脚步，我为之骇然。

金刚院声名远播。它是坐落在山后的名刹，从安冈步行约十五分钟，寺内有高丘亲王[1]亲手种植的香榧树，还有据

1 高丘亲王(799—865)，平城上皇第三皇子。大同四年(809)成为嵯峨天皇的皇太子，因上皇近臣药子之乱被废，后遁入佛门。

说是左甚五郎[1]建的造型优雅的三重塔。每到夏天，我们常常去后山的瀑布下面戏水玩耍。

正殿的围墙紧挨着河边。残破的土垣上芒草丛生，白色芒穗在夜色中也在荧荧反光。正殿门旁盛开着山茶花。一队人无声无息地沿着河边往前走去。

金刚院的殿堂建在高处。走过独木桥后，右侧就是三重塔，左侧是一片枫叶林，继续往里走，陡然出现了一百零五级苔藓覆盖的石阶。因是石灰石阶，很容易滑倒。

过独木桥之前，宪兵回头一摆手，让一行人停下。据说从前这里有个运庆、湛庆[2]建的仁王门。由此往里走，就是金刚院的领地——九十九道山谷。

……我们全都屏住了呼吸。

宪兵命令有为子继续往前走。她一个人走过了独木桥，等了一会儿，我们才跟着过了桥。石阶下方都笼罩在阴影里，但是从半途往上都暴露在月光之下。我们各自躲在石阶下方的阴影里，刚开始着色的红叶，在月光下看着黑漆漆的。

1　左甚五郎(1584—1644)，安土桃山时代(1573—1603)至江户时代(1603—1868)初期的著名木匠。以擅长雕刻闻名。受到过丰臣秀吉、德川家康的关照。

2　运庆(？—1223)，镰仓时代(1185—1333)初期的佛像雕刻家。引入刚健有力的写实风格，被称为镰仓佛师先祖。湛庆(1173—1256)，运庆之子，著名雕刻家。和父亲一起参与了东大寺、兴福寺等大寺院的佛像雕刻。

石阶最上面坐落着金刚院正殿，由此往左，架设了一条斜坡回廊，直通神乐殿式样的悬空佛堂。悬空佛堂突出于空中，模仿清水寺舞台，是由交叉搭建的多根柱子和横梁，从山崖下支撑着的。佛堂、回廊，以及支撑的木架结构，历经风吹雨打的洗涤，清净洁白如白骨。枫叶最红时，娇艳的红色与这白骨般的建筑，构成一种美丽的和谐，然而入夜后，沐浴着斑驳月光的白色木架，看上去既诡谲又优雅。

逃兵好像是躲藏在舞台上的佛堂里。宪兵打算以有为子做诱饵，将他抓获。

我们这些见证人屏息静气地躲在阴影里，虽然置身于十月下旬的深夜寒气中，我的脸颊却是灼热的。

有为子独自一人登上了一百零五级石灰石台阶。她如狷狂之人一样充满自豪……我只能看见她那夹在黑衣和黑发之间的美丽而白皙的侧脸。

月亮、星星、夜云、茅杉棱线连接天际的山峦、斑驳的月影、隐约浮出的惨白建筑物，以及在它们衬托下有为子背叛爱人的澄明之美，都令我陶醉不已。她有资格独自一人挺着胸，登上这白石阶。她的背叛，其实和星星、月亮、茅杉没有什么不同。就是说，她是和我们这些见证人一同居住在这个世上，接纳这大自然的。她是作为我们的代表登上石阶去的。

我心神荡漾，不能不这样想：

“由于背叛，她终于也肯接受我了。此时此刻她就是属于我的。”

……事件这种东西，会从我们记忆中的某个地点突然坠落。虽然登上一百零五级苔藓石阶的有为子还在眼前，我却感觉她永远在攀登这石阶，不再返回。

不料从此时开始，她变成了另外一个人。登上石阶后的有为子再次背叛了我，背叛了我们。此时的她，既不完全拒绝，也不完全接受世界。她屈就于只有爱欲的秩序，堕落成了只为一个男人而活的女人。

因此，这个事件只如同旧石版印刷一般，浮现在我的回忆中……有为子穿过回廊，冲着黑暗的佛堂呼唤起来。男人出现了，有为子对他说了些话。男人用手枪朝着台阶射击。宪兵从石阶半途的树丛中开枪还击。男人再次举起手枪，对准朝着回廊方向逃跑的有为子后背连开几枪。有为子应声倒下了。男人又对着自己的太阳穴开了枪……

宪兵和人们都争先恐后地跑上石阶，赶往两具尸体那边，我仍然一动不动地待在枫树荫里。白色木架纵横重叠，高耸在我的头顶上。从那上面传来的踩踏回廊地板的脚步声，化作轻飘飘的声音散落下来。两三道手电筒的光束交叠乱舞，越过栅栏照到了枫树梢上。

这一切对我来说，不过是很久以前的事件了。感觉迟钝的人们，不流血就不会感到惊慌失措。可是，当流血事件发生时，悲剧已经造成，无法挽回了。不知不觉间，我意识朦胧起来。醒来一看，人们都不见了，只有小鸟在我的周围啾啾鸣叫，朝阳直射到枫树最下边的枝丫上。白骨建筑透过地板沐浴着阳光，好像刚刚苏醒似的。那悬空佛堂静静地、很自豪似的凌驾于枫林遍布的峡谷之上。

我站起身来，打了个寒战，浑身上下揉搓了一通。只有寒冷残留在我身体里。留给我的只有寒冷。

*

翌年的春假时，父亲在国民服外面罩上袈裟到叔父家来了。父亲说要带我去京都两三天。那时父亲的肺病加重了，身体虚弱得令我吃惊。不单是我，叔父婶母也都劝说父亲放弃京都之行，可父亲不听。事后回想，父亲是打算趁自己活着的时候，把我托付给金阁寺的住持。

不言而喻，参拜金阁寺是我多年来的梦想。即便父亲强打精神，谁也看得出他是个重病缠身的人，我实在不愿意跟这样的父亲出门旅行。随着离未曾亲眼见过的金阁越来越近，我心中产生了彷徨。无论怎样，金阁都必须是最美的。因此，比起金阁本身的美来，我把一切都赌在能够想象金阁之美的自己的想象力上。

在青少年能够理解的范围内，我也算了解金阁了。一般的美术书里是这样记载金阁的历史的。

“足利义满[1]得到了西园寺家的北山殿，在此地修建了一所庞大的别墅。其主要建筑物有舍利殿、护摩堂[2]、忏法堂、法水院[3]等佛教建筑，以及宸殿[4]、公卿间、会堂、天镜阁、拱北楼、泉殿、看雪亭等住宅建筑。舍利殿是最倾力建造的，也就是后来被称为‘金阁’的建筑物。究竟是从何时开始叫作金阁的，很难说清楚。一般来说，大概是应仁之乱[5]以后，到了文明年间[6]已经相当普遍地使用这个称呼了。

“金阁是一座建在宽阔的苑池（镜湖池）湖畔的三层楼阁建筑，据说是应永四年左右建成的。一、二层是寝殿风格，

1　足利义满（1358—1408），室町幕府第三代征夷大将军，平定南北朝内乱等，屡建奇功，完成国家统一，成为室町幕府最盛期的缔造者。出家为僧，法名鹿苑院天山道义，建金阁寺。并致力于发展明朝和日本贸易。死后葬于相国寺鹿苑院。

2　护摩，为真言宗密法之一。通过焚烧乳木等方式，祈祷用火烧毁一切恶业。护摩堂，即进行此祈祷之堂。

3　法水院，是第一层阿弥陀堂之名。法水，将佛的教诲洗清众生烦恼，比喻为水。

4　宸殿，天子的居室。

5　应仁之乱，是1467年至1477年，围绕足利将军称号的继承权，于京都发生的十年内乱。应仁之乱后，幕府进入群雄割据的战国时代（1493—1590）。

6　文明年间（1469—1487），后土御门天皇时代的年号。

使用的是方格悬窗，而第三层是五六米见方的纯禅堂式样，中央是拉门，左右两面开有花头窗[1]。屋顶为柏树皮葺顶，在宝形造[2]屋顶上，装点着一只镀金铜凤凰。此外，人字形屋顶的钓殿（漱清）凸出于水面，打破了整体的单调感。屋脊的坡度平缓，屋檐用料稀疏，木质精细，轻盈优美。住宅式建筑搭配佛堂样式，形成富有和谐美感的庭园建筑之杰作，充分体现了善于汲取宫廷文化的义满的品位，完美地展示了当时的情趣。

“义满死后，根据其遗嘱，北山殿被改为禅寺，号称鹿苑寺。该建筑后又遭逢迁移，或是任其荒芜，唯有金阁幸存至今……”

犹如夜空中的皓月，金阁正是作为黑暗时代的象征而建成的。因此我梦想的金阁，必须坐落在黑暗的背景之中。在黑暗中，美丽修长的柱子架构，由内面发出微光，娴静沉稳地端坐在那里。不管人们对这座建筑物如何评说，美丽的金阁都必须默然无语，展露出其纤细的结构，忍受包围它的黑暗。

我还思考起了那只暴露在屋顶尖端、长年累月经受风雨洗礼的镀金铜凤凰。这只神秘的金色的鸟，不报时，也不展

1　花头窗，日语中“花头”与“火灯”读音一样，即像火灯那样上狭下宽形的窗户。多用于唐风建筑。

2　宝形造，即屋顶装饰有宝珠形金属物的屋脊。

翅，肯定已经忘记自己是鸟儿了。但是，它看上去不会飞，是不对的。其他鸟儿在空间飞翔，而这只金凤凰则是展开金光闪闪的翅膀，永远在时间中飞翔。时间扇动它的翅膀，不断地扇动它的翅膀流逝而去。由于在飞翔，凤凰只需保持不动的姿势，瞪着双眼，高举羽翼，翻卷尾羽，牢牢地站稳金光耀眼的双脚足矣。

这么一想象，我觉得金阁本身，又像是一艘穿越时间之海而来的美丽大船了。美术书上描述的这座"墙少而通透的建筑"，使我想到船的构造，这结构复杂的三层屋形船所俯视的水池，令人联想起大海。金阁度过了难以计数的漫漫长夜，犹如没有尽头的航行。白昼时，这艘奇妙的船若无其事地抛锚停航，供众多游人参观。黑夜降临后，它便凭借无边的黑暗之力，将屋顶如风帆般扬起，重新起航了。

如果说我在人生中遇到的第一个难题就是美，也毫不夸张。父亲只是乡下的一介纯朴僧侣，不知道什么词汇，他只会对我说："这个世间没有比金阁更美的东西了。"一想到在我一无所知的地方，早已存在着美这种东西，我就不能不感到不满和焦躁。因为如果美确实在那里存在着，那么我就是被美疏远的人。

金阁对我而言，绝不是一种观念。它是虽远隔千山万壑，但只要我想看，就可以到那里去看的一个物体。美就是那种可以触摸、可以清晰看到的一个物体。纵然它经历万千变化，也存在着永恒不变的金阁，对此我不仅清楚地知道，而且深信不疑。

有时我觉得金阁就像攥在我手心里的小巧玲珑的工艺品，有时又觉得它是高耸入云的巨大怪物般的伽蓝。少年时代的我，并不懂得所谓美，是不大不小的形态适中的东西。因此，看到夏天的小花，被朝露沁润而幽幽发光时，我会觉得它像金阁那么美。还有，当我看到远山那边乱云遮蔽，唯有闷雷作响的暗淡云层的边缘，闪烁着灿灿金光的时候，这壮美景观也使我联想起金阁。以至于看到美女的脸，我也会在心中，用“像金阁那么美”来形容了。

那次京都行是一次伤感之旅。我们乘坐舞鹤线火车，从西舞鹤出发后，途经真仓、上杉等小站，再经过绫部，前往京都。客车里很脏，驶过保津峡沿线隧道较多的地方时，煤烟毫不留情地涌进车厢内，呛得父亲咳嗽不止。

乘客大多是与海军有些关连的人。三等车厢里被下士、水兵、工人，以及前往海兵团[1]探亲回来的军属挤得满满的。

我望着窗外灰蒙蒙的春日天空，看着父亲罩在国民服外面的袈裟，看着满面红光的年轻下士们挺着金扣子紧绷的胸

1　海兵团，是统管补充海军下士官和士兵、负责新兵教育训练、军港警备之所。

膛，我觉得自己似乎置身于他们双方之间。过不多久，我就到了丁年[1]，也会被征召的。即使我当了兵，是否能像眼前的下士们那样，忠实于自己的天职呢？说到底，我是脚踏两个世界的。我虽然这么年轻，在我这丑陋而顽固的额头里面，已经感受到了父亲掌管的死的世界和年轻人的生的世界之间，正以战争为媒介渐渐联结在一起。我大概会成为二者的联结点吧。假如我战死了，就可以说明，这两条路不管走哪一边，都是一样的结局。

我的整个少年时期，都如拂晓的天色般混浊。黑影憧憧的世界是可怕的，像白昼那样轮廓清晰的人生也不属于我。

我一边看护咳嗽不止的父亲，一边不时眺望窗外的保津川。河水呈现出深邃的群青色，就像化学实验时使用的硫酸铜的蓝青色。每当列车钻出隧道，都能看见保津峡或是远离铁路或是出乎意料地近在眼前，它被光滑的岩石包围着，哗啦哗啦地转动着群青色的辘轳。

父亲很难为情地在车厢里打开了装有白米饭团的饭盒。

“这可不是黑市米噢。是施主们的善心，你就高高兴兴地吃吧。”

父亲有意让周围的人听见似的这样说道，然而他费了好大劲，才把一个不算大的饭团吃了下去。

1　丁年，即二十岁。——作者原注

我并不觉得这趟被煤烟熏黑的旧火车是开往古都的，只觉得它正在驶向死亡车站。这么一想，每次经过隧道时便充斥车厢的煤烟，都仿佛有股子火葬场的味儿了。

……当我终于来到鹿苑寺的山门前时，我的心禁不住激动起来。马上我就能看到这世上最美的东西了。

太阳落山后，群山笼罩在云霞之中。有几名游人和我们父子前后脚走进了山门。在门的左侧，环绕钟楼的一圈梅林已是残花败叶了。

父亲站在种着大麻栎树的大殿玄关前，请求面见住持。对方回说，住持正在接待访客，请等候二三十分钟。

"趁这工夫，咱爷俩去看看金阁吧。"父亲说。

父亲多半是想让儿子瞧瞧他多有面子，可以免费参观寺院。但是卖门票和护身符的人，以及在门口检票的人都换了，已经不是十几年前父亲常来时的那些熟人了。

"下次来时，说不定又换了。"

父亲面色凝重地说。可是我感到父亲已不能确定，自己还能不能有"下次来时"了。

然而，我故意装出孩子气（只有这种时候，只有特意表演的时候，我才像个孩子），欢喜雀跃地一直在前头跑。终于，我梦寐以求的金阁，非常轻易地将其全貌展示在我的眼前。

我站在镜湖池这边，金阁隔着水池，将它的正面袒露在西斜的夕阳下。金阁左侧的漱清亭被遮挡了一半。在零星漂浮着水藻和水草的池面上，映出了金阁精致的倒影，这倒影看上去反而更加完整。池水中落日余晖的反光，摇曳在各层的庇檐内侧。与四周的亮度相比，这庇檐内侧的反光格外鲜明耀眼，宛如一幅过分夸张了远近法的绘画，因而金阁给人一种气势逼人、挺胸昂首的感觉。

“你觉得怎么样？很美吧。一层叫法水院，二层叫潮音洞，三层叫作究竟顶。”

父亲将病得干巴巴的手搭在我的肩膀上。

我从各种角度，或是歪着头眺望金阁，却没有涌起丝毫的激动。它不过是一座古老暗黑的三层小楼罢了。屋脊顶尖上的凤凰，看上去也就像是蹲着一只乌鸦。别提美感了，我甚至感受到不协调的不安感。我暗想，难道所谓的美，就是这么不美的东西吗？

假如我是个谦虚好学的少年，应该会在这样轻易地灰心丧气之前，先喟叹自己的鉴赏力太差吧。然而，被心中朝思暮想的美轮美奂所背叛的痛苦，将我所有的反省都夺走了。

我猜想，莫非是金阁将它的美，幻化成了什么其他东西吗？美为了保护自己而欺骗人们的眼睛，是很有可能的。我应该更接近金阁，消除自己的视觉造成的丑陋障碍，不放过每一个细微之处，亲眼看到何为美的核心。既然我只相信自己的眼睛所看到的美，当然应该抱这种态度。

却说父亲带着我恭恭敬敬地登上了法水院的外廊后，我先看了陈列在玻璃罩里的精致的金阁模型。这个模型很中我的意。它更接近我朝思暮想的金阁。而且，在大金阁里面，收藏着这么个一模一样的小金阁，我不由得去联想，大宇宙中存在着小宇宙那样的无限的对应。我能够开始梦想了。我梦想着比这个模型更小巧玲珑、更一应俱全的金阁，以及比真实的金阁更庞大无比、可以容纳整个世界那样的金阁。

然而，我的脚并没有一直停留在模型前。接下来父亲把我领到著名的国宝义满像的跟前。这尊木像称作“鹿苑院殿道义之像”，是义满削发为僧以后的名字。

这尊木像在我眼里，也不过是一个被熏黑的奇特偶像，没有感受到任何美感。继续上到二层的潮音洞，看到了据说出自狩野正信[1]画笔的仙女奏乐的藻井画，以及最上面的究竟顶里残留的暗淡无光、依稀可辨的金箔痕迹，我仍不觉得它多么美。

我凭靠细细的轩栏，茫然俯看下面的池水。在夕阳辉映下，犹如生锈的古代铜镜般的镜面上，呈现出金阁毫不走样

1　狩野正信(1434—1530)，室町时代(1336—1573)后期的画家，狩野派始祖。作为受汉画影响的水墨画家，成为最初的幕府御用画师，擅长肖像画、佛画、隔扇画等广泛的领域，尤以水墨画受到武家阶级的喜好，奠定了狩野派的画风。

的倒影。在水草和水藻的深处，透映出了夕空。这池水里的夕空与我们头上的天空有所不同。那是澄明的、充满了寂光，从水深处、从内侧把这个地上的世界整个吞噬了，金阁恰似生锈变黑的巨大纯金锚，朝池水中沉淀下去……

住持田山道诠和尚和父亲是修禅时的同门。道诠和尚和父亲都在禅堂里生活了三年，在这期间，两人朝夕相处，结为好友。据说他们二人都是去义满将军建立的相国寺[1]的专门道场，经过“打坐思过”和“坐禅三日”的传统程序，才成为相国寺的僧徒的。不仅如此，很久以后，道诠法师兴致好的时候，还曾说起，他和父亲不单是这种苦学修行的同门，还是常常在就寝后，一起翻土墙出去嫖妓、消遣游乐的同好。

我们父子参拜了金阁之后，再次返回大殿玄关后，又被人引领着，穿过宽敞的长廊，前往可以欣赏著名的陆舟松的庭院——大书院，住持就住在那里。

我穿着学生服，拘谨地跪坐着，但是，父亲一来到这里，便立刻放松下来。不过，父亲和这位住持虽是同门出身，福分却迥然有别。父亲体弱多病，面容苍白憔悴，相比之下，道诠和尚的脸堪比桃红色的面点。和尚的桌子上，从各个方面寄来的未开封的小包裹、杂志、书、信件等堆积如山，不

1　相国寺，临济宗相国寺派大本山，京都五山排名第二，1382年建立。

愧是个香火旺盛的寺庙。他用肉嘟嘟的手拿起剪子，很麻利地打开了一个小包裹：

“这是从东京寄来的点心。这种点心现在很难买到。听说不在铺子里卖，只给军部和官府上供。”

我们一边喝着清茶，一边品尝从未吃过的西式点心样的小吃。我心里越是紧张，点心上的粉皮越是纷纷掉落在我黑亮的哔叽裤上。

父亲和住持对军部和官府只看重神社，却轻视寺院，不只轻视，还施以打压非常愤慨，还谈论了今后该如何经营寺院，等等。

住持很富态，脸上自然也有皱纹，但是就连每一道皱纹里面，也洗得特别彻底。他是个圆脸，却配了一只长鼻子，那形状犹如流出来的树脂凝固了似的。这副尊容虽不敢恭维，剃得光光的脑袋却颇有威严，仿佛精力都会聚在了头部，所以他只有头部最具有动物性。

然后父亲和住持回忆起了僧堂时代的往事。我望着庭院里的陆舟松。它是将巨松枝丫低盘成船形，只有船首部位的枝丫高高挺起。快要闭园时，好像来了个旅游团，隔着土墙都能听到从金阁方向传来喧哗声。那些脚步声、说话声都被春天日暮的天空吸收了，听起来并不刺耳，柔和而圆润。脚步声又如退潮般地渐行渐远，很像在人间来去匆匆的众生的脚步声。我全神贯注地仰望那凝聚着残阳余晖的金阁顶上的凤凰。

“我想把这孩子……”

一听到父亲这么说，我回过头看向父亲。在昏暗下来的室内，父亲正在把我的未来托付给道诠法师。

“我知道我的时间已经不多了，到时候就拜托老兄把这孩子收下吧。”

“好的，交给我吧。”

不愧是道诠法师，没有说什么客套的安慰话。

我吃惊的是，其后二人兴趣盎然地谈论起了高僧们五花八门的死法传闻。据说，有一位高僧说了句“啊，我真不想死！”就死了；有位高僧跟歌德一样，说了句“让更多的光明进来吧”之后死去了；还有位高僧临死之前，还在计算自己寺院的收支。

住持请我们吃了一顿叫作药石的晚餐。当晚留宿在寺里。晚饭后，我催着父亲又去看了一次金阁。因为月亮升上了空中。

父亲与住持久别重逢，极为兴奋，已经十分疲惫了，可是听我说要看金阁，就气喘吁吁地抓着我的肩膀，陪我去了。

月亮从不动山边升起。月光照在金阁的背面，远远看去，金阁折叠成黑暗而复杂的影子，寂静无声，唯有究竟顶的花头窗棂，让如水的月影悄然流入。由于究竟顶四面通透，仿佛朦胧的月色就住在那里面似的。

有夜鸟从苇原岛的暗处惊飞出来。我感受到父亲干瘦的手，压在我肩膀上的分量。我扭头去看肩膀时，在月色下，我看到父亲的手变成了白骨。

那样令我失望的金阁，在我回到安冈之后的日子里，它的美在我心中日渐复苏，不知不觉间，竟然变成比我看到的实物更美的金阁了。它到底美在哪里，我说不出来。由此可见，梦想培育出来的东西，一旦经过现实的修正，反过来去刺激梦想了。

我不再从亲眼看到的风景和事物中追寻金阁的幻影了。金阁渐渐变得深沉、坚固而实在了。它的每一根柱子、花头窗、屋顶、屋顶上的凤凰，等等，也都历历如在眼前，仿佛触手可及。它那纤细的局部与复杂的全貌互相照应，无论取出哪个局部，金阁的全貌都会呼之欲出，好比只要想起音乐的一小节，整个曲子就会流淌出来一样。

“父亲告诉过我，世间最美的东西是金阁，真的是这样。”

我在给父亲的信上第一次这样写道。父亲把我送回叔父家后，立刻返回那荒凉的海角寺院了。

不久，收到母亲打来的电报，告知父亲大量咯血，已经过世了。

第二章

父亲一死，我真正的少年时代也就结束了。我为自己的少年时代人情味儿之欠缺而惊愕。及至察觉到自己对父亲的死，亦没有丝毫悲伤时，只感到无力的伤感，连惊愕都不足以表达了。

我赶回家里的时候，父亲的遗体已经入殓了。回来晚了，是因为我一直走到内浦，从那里找到船，沿着海湾回到成生，花了整整一天时间。正值入梅之前，每天烈日当头。等我跟遗体告别之后，灵柩便被匆匆送往荒凉的海角火葬场，在大海边火化了。

农村寺院住持去世这种事，是异乎寻常的，是过于恰如其分的异乎寻常。可以说父亲既是当地人的精神支柱，也是信众一生的监护人，还是他们可以托付后事的人。这样一个人在寺院死了，就像一位一直忠于职守的、四处宣讲死亡之法的人，却在示范表演时失误而死那样，给人以某种过失之感。

事实也是如此，父亲的灵柩安置得过于得其所了，好像嵌入早已准备周全的物体之中似的。母亲、小和尚及施主们围在父亲灵前哭泣。小和尚笨拙地诵经，似乎多半是遵从灵柩里的父亲的指示。

父亲的脸被初夏的花朵覆盖着。这些鲜艳的花朵还是水灵灵的，真有些瘆人。花儿们仿佛在窥视着深深的井底。为什么这么说呢？因为死人的脸，是从活人的面孔所具有的存在表面无限地凹陷，只留着面朝着我们的面部轮廓般的东西，深深地陷下去，再也提不上来了。没有什么东西能够比遗容更真实地告诉我们：物质这种东西，距离我们是多么遥远，它的存在方式是多么难以企及！精神就是这样凭借死亡变为物质，我才得以接触到这种局面。现在我渐渐地理解了五月的百花、太阳、桌子、校舍、铅笔……这些物质为什么对我那样冷淡，离我那样遥远了。

母亲和施主们看着我和父亲做最后的告别。然而，对于这句话所暗示的生者世界的类推，我顽固的心不能接受。不是什么告别，我只是看着父亲的遗容。

遗体只是在被人看。我只是在看。看，这个动作，正如平时无意识所做的动作那样，所谓的看，既是生者权利的证明，也可能是残酷性的表现，对我来说，这是一种崭新的体验。一个从不大声歌唱，也不叫喊着到处乱跑的少年，就是这样学会了确认自己的存在。

我虽然生性自卑，可那时候，在施主们面前，我能够坦然地摆出一副没有一滴泪痕的开朗面孔。寺院坐落在海边的山崖上。吊唁的客人背后，盘踞在日本海上的夏云遮天蔽日。

起灵的诵经开始了，我加入了诵经。大殿里暗淡无光。挂在柱子上的幡、神座上方横梁上垂下的华幔，以及香炉、铜瓶等器物，在摇曳的香火辉映下闪烁着。海风一阵阵吹进来，吹鼓了我的僧衣袖子。念经时，我总觉得眼角晃动着光芒四射的夏日积云。

那是不断倾泻在我侧脸上的灼灼阳光，是光辉的侮蔑……

——送葬队伍再走一二百米就到达火葬场时，突然下起了雨。幸而路过一个大度的施主家门前，灵柩也得以跟我们一起避雨。雨下个不停，送葬队伍不能在此耽搁，施主为大家找来了雨具，灵柩则用油纸覆盖其上，运到了火葬场。

火葬场设在村子东南方凸出的海角下面，那是个遍地石头的小海滩。在那里焚烧的烟灰不会飘向村子这边。因此之故，自古以来那里就作为火葬场使用。

那个海滩波急浪大。就连波涛翻卷浪花飞溅的时候，雨柱也一刻不停地刺入不平静的海面。暗淡的雨只是冷静地刺穿翻腾的海面，而海风则会突然将雨水刮到荒凉的岩壁上。白色的岩壁像被溅上了墨汁似的变成了黑色。

我们穿过隧道抵达了火葬场。火化师傅们准备荼毘的时候，我们躲在隧道里避雨。

这里根本看不见什么海景。只有波涛、被打湿的黑岩石和雨丝。被浇了油的灵柩呈现出鲜亮的原木色，任凭雨点敲打。

火点燃了。这配给的油是专为住持火化之用而充足准备的，因此熊熊火焰反而压过了雨点，发出甩鞭子似的声音猛烈燃烧起来。白天燃烧的火焰，在浓烟之中是透明的，清晰可辨。烟雾越来越浓，渐渐被刮向山崖那边，有那么一瞬间，在蒙蒙细雨中，火焰以秀丽之姿独自升腾。

突然，传来了一声什么东西炸裂的可怕响声。原来是灵柩盖子崩开了。

我朝身旁的母亲看去。母亲双手捏着念珠站着。她的面容很僵硬，好像凝固、收缩了，小得可以托在手掌上似的。

*

遵照父亲的遗言，我去了京都，当了金阁寺的僧徒。我就是在那时，跟着住持剃度出家的。住持给我出了学费，条件是我要负责打扫卫生和照料住持起居，就跟俗家的学仆差不多。

出家后我马上注意到，严厉的舍监被征了兵，寺院里只剩下老和尚和小和尚了。来这里后，我觉得放松多了。由于这里的人和我都是同类，不会像在俗家中学那样，被同学嘲笑是和尚的儿子……在这里，我与别人不同的，只是说话口吃，比大家丑了些。

从东舞鹤中学退学后，经田山道诠和尚介绍，我转学到了临济学院中学。离秋季学期转过去，还有不到一个月。我知道开学后，同学们会马上被安排到某个工厂，参加支前义务劳动。在新环境中，我只剩下几个星期的暑假了。我服丧期间的暑假，正值昭和十九年（1944），即战争末期的不可思议的宁静暑假……连那蝉鸣声都听得真真切切。虽然非常严格地遵守寺院的规定，但这是我记忆中最后的真正的休假。

……数月未见的金阁，沐浴在晚夏的阳光下，岑寂无声。

我刚剃度后，头皮发青。仿佛空气紧贴在我的脑袋上，那感觉有种说不上来的危险，具体描述就是，头脑中的所思所想与外界之间，好像只隔了一层又薄又敏感的、极易受伤的皮肤似的。

我抬起这样的脑袋仰望金阁，只觉得金阁不单是从我的眼睛，还从我的脑袋渗透进来了。这个脑袋被日光一晒就热，被晚风一吹迅疾凉快了似的。

“金阁啊！我终于来到你的身边住下了。”我有时会停下打扫，在心中念叨。“现在不说也可以，但是你早晚要对我表示好感，把你的秘密告诉我吧。你的美，用不了多久就能清楚地展现，但现在还看不见。希望真实的金阁，比我想象中的金阁更加清晰美丽。还有，倘若你在世上美得无可比拟的话，那么请告诉我，你为什么这么美，为什么一定要这么美？”

那年夏天，金阁将不断传来战败消息的黑暗战争当作饵食，显得愈加灿烂夺目。六月里，美军已经在塞班岛登陆，盟军部队在诺曼底长驱直入。游览者也明显减少，金阁似乎很享受这种孤独和静寂。

战乱与不安，无数的尸骨和大量的鲜血滋养了金阁的美，是很自然的。原本金阁就是出自“不安”的建筑物，是以一位将军为中心的、众多内心黑暗的人建立的建筑物。美术史家只看到其折中性的这种三层风格各异的设计，其实是在探索使不安凝结的模式的过程中自然形成的。毋庸置疑，如果用同一种安定的模式建造的话，金阁就不可能包容那些不安，早已毁坏殆尽了。

……即便如此，我数次停下打扫，仰望着金阁，总觉得金阁矗立在那里实在匪夷所思。那个晚上，我和父亲来造访金阁时，倒没有使我产生这样的感动，一想到在今后漫长的岁月里，金阁将无时无刻不在我的眼前，简直不敢相信。

在舞鹤时，我认为金阁永恒地存在于京都的一角，一旦在这里住下，却觉得金阁只是在我眺望的时候，才会出现在我的眼前，而晚上睡在大殿里时，我觉得金阁并不存在。由于这个缘故，我每天必去眺望金阁好几次，招致了师兄弟们嘲笑。无论看多少遍，我还是觉得，那里坐落着金阁太匪夷所思了。每当眺望之后，我一边返回大殿，一边突然回过头再望一次时，便感觉金阁如同那个欧律狄刻[1]一样，倏忽不见了踪影。

一天，我打扫完金阁周边，走上通往夕佳亭的小径，去后山躲避热度慢慢升高的朝阳。由于临近开园的时间，看不到一个人。好像是一组舞鹤航空队的战斗机编队，从金阁上方超低空掠过，留下震耳欲聋的轰鸣飞远了。

在后山有一个叫作安民泽的布满藻类的寂静水池。池中央有个小岛，岛上耸立着一座名叫白蛇冢的五重石塔。清晨，这附近只闻鸟鸣声声，却不见鸟儿的影子，仿佛整片树林都

1　欧律狄刻（Eurydike），希腊神话中的音乐家俄耳甫斯的妻子，一天欧律狄刻踩中蛇蛋，被蛇咬死后，俄耳甫斯下地府，请求冥王让他带她还阳。冥王要求他途中不能看她一眼，但他未能遵守，在出地府之口看了一眼，终于失去了她。

在鸣啭似的。

池子这边夏草葳蕤。小径和那片草地之间由低矮的栅栏隔离开来。一个身穿白衬衣的少年躺在草地上。他旁边的矮小枫树干上靠着一把耙子。

少年猛地翻身坐起，快得就像将夏日清晨四周弥漫的潮湿空气剜去似的。他看见我便说道：

“哟，是你呀。”

这位姓鹤川的少年，是昨晚刚认识的。鹤川家在东京近郊的香火旺盛的寺里，学费、零花钱和食物等都是从家里随时随地寄来，只是为了让他体验僧徒修行的生活，家人拜托住持，让他来金阁寺的。暑期他回乡省亲，但昨晚提前返回了寺院。操着一口纯正东京腔的鹤川，从秋天开始，就成了我在临济学院中学的同班同学，可是昨晚，他那快人快语的口才已令我畏缩了。

现在也是，一听到他说“哟，是你呀”，我就哑然失语了。然而，我的沉默好像被他理解成了一种责备。

“差不多得了，不用那么认真打扫。反正游客一来就被弄脏了。再说了，也没多少游客。”

我微笑了一下。我这种无意识地露出来的无奈的笑，对有的人来说，似乎成了捕捉亲切感的依据。我就是这样，对于自己给别人留下的印象的细微末节，总是不能负责。

我迈过栅栏，坐在了鹤川身旁。鹤川又在草地上躺下了，他垫在脑袋下的胳膊外侧被太阳晒得很黑，内侧却很白，连静脉都能看见，从树叶间透下来的晨曦，将茵茵绿草的影子撒在他胳膊上面。凭直觉，我知道这个少年并不像我这样爱金阁。因为不知从什么时候起，我把对金阁的偏执都归因于自己的丑陋了。

“听说你父亲去世了？”

“嗯。”

鹤川飞快地转了下眼珠，毫不掩饰少年人喜欢推理的特点，说道：

“你这么喜欢金阁，就是因为一看见它，就会想起你父亲吧？我估计你父亲很喜欢金阁。”

他虽然猜中了一半，也没能让我的淡漠表情有所变化，我为此暗自窃喜。鹤川就像喜欢制作昆虫标本的少年那样，喜欢把人的感情分门别类地收藏在自己房间的精致的小抽屉里，不时将它们取出来实际检测一下。

“你父亲去世，你肯定很悲伤，所以你才这么孤僻吧。从昨晚第一次见到你，就给我这种感觉。”

我没有感到任何不快。他这么一说，让我从对方对我的印象中，赢得了某种安心和自由，便顺畅地说道：

“也没什么可悲伤的。”

鹤川抬起有些碍事似的长睫毛，望着我说：

“是吗……这么说，你怨恨你的父亲喽？至少是讨厌他了？”

“说不上什么怨恨，也不讨厌……”

“是吗，那你为什么不悲伤呢？”

“反正就是不觉得悲伤。”

“不明白。”

鹤川遇到了难题，又坐了起来。

“莫非你还有更伤心的事？”

“你说的什么，听不懂。”

我又反省起了自己为什么总喜欢招惹别人的好奇心。对我来说，这事根本没有什么可奇怪的，是不说自明的事。可见我的感情也有些口吃。我的感情总是慢半拍。其结果，就是觉得父亲去世这件事，和悲伤这种感情是彼此孤立、互不相关、互不侵犯的。时间稍微错过一点或是迟到一点，我的感情和事件总会被拉回到各不相干的——或许那正是本质上各不相干的状态。如果说我会感到悲伤的话，那么它与任何事件、任何动机都无关，它只是突如其来、毫无理由地袭上我心头。

……这次又是这样，我没来得及对眼前这位新朋友说明这一切。

“嘿，你这个人还真有意思啊。”

鹤川终于笑了起来，他穿着白衬衫的腹部一起一伏的，在他腹部上面摇曳的婆娑叶影，使我感到了幸福。就像这家伙的衬衫一样，我的人生出现了褶皱。但是，这白衬衫多么亮眼啊，即便有了褶皱……难道说我也可以吗？

与世俗不相干，禅寺按照禅寺的规矩运转着。由于是夏天，每天早晨最晚是五点以前起床。起床叫作“开定”。起床后就上早课诵经，叫作“三时回向”，即读三回经。然后打扫室内，擦拭浮尘，之后吃早餐，叫作“粥座”。早餐前要诵“粥座经”。

粥有十利，
饶益行人，
果报无边，
究竟常乐。

然后才能喝粥。饭后做杂务，比如除草、洒扫庭院、劈柴，等等。学校开学之后，吃完早饭就去上学。从学校回来后，吃晚餐。晚餐后，有时听住持讲授经典教义。九时“开枕”，即就寝。

我每天的作息就是这些。每天起床的信号，是当班厨师“典座”边走边摇响的铃声。

金阁寺，也就是鹿苑寺里，本来有十二三人，现在因应征入伍或是征调，只剩下一名七十多岁的向导兼门房、一名年近六旬的厨娘、执事、副执事，以及我们三个小徒弟了。老人们已是土埋半截了，少年们还是孩子。执事也称作副司，整天忙于账务。

数日后，我被分配给住持（我们称他为老师）的房间送报纸。报纸送来的时间一般是在早课后，打扫结束的时候。由于人手少，在短时间内，要擦拭这个有着三十多间屋子的寺院的所有走廊，活儿势必干得粗糙些。我从玄关取了报纸，走过“使者间”前的走廊，从客殿后面绕一圈，再穿过间廊，最后送达老师居住的大书院。由于直到那里的走廊，几乎是泼上半桶水、马马虎虎擦拭的，所以地板上的所有凹坑都存了水，在朝阳下闪闪烁烁，每次走过去连脚踝都被弄湿了。好在是夏天，倒也凉快。但是，来到老师房间的拉门前，就得跪下打招呼“可以进来吗”，等到听见“嗯”的回答后，进入房间前，要先用僧衣下摆将湿脚趾擦干净。这个秘诀是师兄弟教给我的。

我闻着油墨散发出的浓郁的俗世气味，偷看着报纸的大标题，匆匆走在走廊上。我看到了“帝都不能免遭空袭吗？”这样的大标题。

以前我从来没有把金阁和空袭联系起来过，也许会让人觉得诧异。塞班岛沦陷之后，人们认为本土遭受空袭在所难免。京都市的一些区域被紧急强制疏散，即便如此，在我心中，金阁这种半永恒的存在与空袭的灾难是八竿子也打不着的。我很清楚金刚不坏的金阁与那科学上的火焰，属于性质完全不同的东西，它们相遇的话，肯定会彼此躲闪开的……不过，不用多久，金阁或许也会被空袭烧毁。这样下去，金阁化为灰烬是毫无疑问的。

……自从这种想法在我心中萌生之后，又使金阁平添了其悲剧性的美。

那是学校开学的前一天，夏季最后一日的午后，住持带着执事到一个地方去做法事了。鹤川邀我去看电影，可我不太感兴趣，他也立刻没了兴致。鹤川就是这么个人。

我们两人请了几小时的假，穿上草绿色裤子，裹上绑腿，戴着临济学院中学的校帽，走出了大殿。夏日炎炎，没有一个游客。

“去哪儿呢？”鹤川问道。

我回答：“出门之前，我想先好好看一看金阁，说不定从明天起，这个时间就看不到金阁了，我们在工厂的时候，金阁就遭到了空袭。”我结结巴巴地说出了这些牵强的理由。听我说话时，鹤川始终是一副不知所措的焦躁表情。

只说了这几句话，我就像坦白了什么可耻的事情似的，满脸冒汗。我对于金阁异常执着这件事，只向鹤川一个人倾诉过。可是鹤川听我说话时，我从他脸上只看到了，别人想听懂我的意思时那种司空见惯的焦躁。

我看到了这样的表情。无论我要向别人公开一个重大秘密时，还是倾诉对美的强烈感动时，或是掏心掏肺地表达内心时，我看到的都是这样的面孔。人一般是不会对别人露出这种表情的。那副滑稽的焦躁表情，以绝对的忠实真实地模仿了我，简直就是一面令我肝儿颤的镜子。不论多么好看的脸，这种时候都会变得和我一样丑陋。一看到这副表情，自己本来想表达的重要事情，顷刻堕落为瓦片一样毫无价值的东西……

夏天的骄阳直射在鹤川和我之间。鹤川年轻的脸油光发亮，一根根眼睫毛在阳光下闪烁金光，他不停地抽着鼻孔发散热气，等着我把话说完。

我终于说完了。与此同时，我也生了气。因为自从认识鹤川以来，他从来没有取笑过我的口吃。

“为什么？”我问他。

比之同情，嘲笑和侮辱更合我的意，这是我一再说过的。

鹤川露出了温柔得无以复加的微笑，然后这样说道：

“因为我这个人，对这种事根本无所谓啊。”

我不觉愕然。我生长在农村粗鄙的环境下，不懂得这类温柔。我通过鹤川的温柔，发现了从我身上除去口吃的毛病，依然可以是我这个人。我彻底体味到了被剥成赤裸裸的快感。

鹤川那双被长睫毛装点的眼睛，把口吃从我身上过滤掉，接受了我这个人。而过去我一直莫名地深信，被人无视自己的口吃，我的存在就等于被抹杀。

……我体味到了感情的和谐和幸福。此刻所看到的金阁，让我永生难忘，也并不足为奇了。我们两人从正在打盹的看门老人跟前走过，沿着土墙快步走过不见人影的路，来到金阁正面。

……当时的情景我至今还历历在目。两个打着绑腿、穿着白衬衫的少年并肩站在镜湖岸边。二人的正前方便是那金阁，中间没有隔着任何东西。

那个最后的夏天，最后的暑假的最后一天……我们的青春处于千变万化的时代前端，金阁也和我们一样伫立在尖端，我们见到了它，和它对话了。对空袭的期待，竟然促使我们与金阁如此亲近了。

晚夏的恬静日光，给究竟顶上贴了层金箔，垂直射下来的阳光，使金阁里面充满了夜色般的黑暗。迄今为止，这个建筑的不朽时间一直在压迫我，阻碍着我。然而，不久它将被燃烧弹烧毁的命运与我们的命运渐渐靠拢了。金阁可能会比我们先毁灭。于是乎，我觉得金阁和我们经历着同样的一生。

环绕金阁的赤松覆盖的群山，被蝉声所笼罩，犹如数不清的僧人在念消灾咒。

“……哂哂。伊醯伊醯。吽吽。室那室那。阿罗嗲。佛罗舍利。罚沙罚沙……”

这美丽的东西，不日将化为灰烬。这个想法使我想象的金阁和现实中的金阁，就像把透着绘绢描摹的画作，重叠在原画上那样，它的精细处渐渐重合，屋顶和屋顶、凸出池面的漱清殿和漱清殿、潮音洞的勾栏和勾栏、究竟顶的花格窗和花格窗一一重合起来了。金阁已经不再是金刚不坏的建筑物了。它化作了现象界的虚幻象征。现实中的金阁，因这样一想，就变成了不次于想象中的金阁的美丽建筑。

说不定明天，大火就会从天而降，将它的细柱子、优雅的屋顶曲线化作灰烬，让我们再也看不到它。然而，现在在我们眼前，它那精致的身姿，仍然沐浴着夏日如火的骄阳，泰然自若。

山头上堆积着威严的夏日浮云，如同在父亲灵前念枕经[1]时，眼睛的余光看到的一样。它呈现出郁积的光芒，俯看着这座纤细的建筑物。金阁在如此火辣的晚夏日照下，好像丧失了细节的意趣，其内部一直包裹在阴冷的黑暗中，只是以它神秘的轮廓拒绝着周围光怪陆离的世界。屋顶上的凤凰用尖利的爪子紧紧地抓住台座，以免被太阳晒晕。

1　枕经，指纳棺之前，在死者枕边念经。

对我没完没了地凝视金阁感到厌倦的鹤川，捡起脚下的小石子，摆出一个帅气的投球姿势，将石子投向了镜湖池中的金阁倒影中央。

石子激起的一圈圈波纹，推开了水面漂浮的绿藻，倏忽间，美丽精致的建筑倒影不见了。

*

从那以后，直到战争结束的一年，是我和金阁最亲近、最关心它的安危、沉浸于它的美的时期。可以说，是将金阁拉低到与我相同的高度，在这样的假设之下，我能够毫无惧怕地去爱它的一段时间。金阁还没有对我产生坏影响或者什么毒害。

在这世上，我和金阁有着共同的危难，这一点鼓励了我。因为我发现了把美和我联系在一起的媒介。我感到和那种仿佛在拒绝我、疏远我的东西之间，架起了一座桥梁。

烧毁我的火，多半也会烧毁金阁，这种想法令我陶醉。在遭受相同灾难、相同不吉之火的命运面前，金阁和我所居住的世界属于同一个维度了。金阁虽然坚固，也是易燃的碳素肉体，与我的脆弱丑陋的肉体是一样的。这么一想，有时候我甚至觉得，可以把金阁藏在我的肉体里逃走，就像盗贼把昂贵的宝石吞下肚子逃之夭夭那样。

回想这一年来，我没有学习经文，也没有读书，日复一日地修身、军训、练习武术，以及去工厂干活、为强制疏散帮忙，等等。这些助长了我喜好梦幻的性格，拜战争所赐，人生距离我更遥远了。战争对我们少年来说，就像是一场梦那样没有实质的忙乱体验，就像与人生意义隔绝的隔离病房。

一九四四年十一月，B-29轰炸机第一次轰炸了东京，当时我想的是：说不定明天京都也会遭到空袭吧。我悄悄幻想着京都全市笼罩在一片火海里。这个古都一成不变地延续着古老的东西，忘却了许多神社佛阁重生于战火的灼热而灰色的记忆。因为每当我想象应仁之乱，使这个古都荒败得不成样子的时候，就觉得京都因忘却战火的不安太久了，以至使它的美也丧失了几分。

明天金阁就会被烧毁吧。曾经充填空间的那美丽英姿将会消失不见吧……到时候，屋顶上的那只凤凰，将会像不死鸟那样复苏飞翔的。被形态束缚的金阁将会飘飘然脱离它的锚，出现在各个地方，无论是湖面上，还是在黑暗的海潮上，都会看到它随波漂浮的晶莹身影……

左等右等，京部一直没有遭到空袭。翌年三月九日，传来了东京的商业区一带变成一片火海的消息，但是灾祸离得很远，京都的上空还是一派春意盎然。

我半是绝望地等待着，仍然相信这早春的天空，正如闪闪发亮的玻璃窗那样，不让人窥见里面，但其内里早已隐藏着火与毁灭。开头已经说过，我的人情味是淡薄的。无论父亲的死，还是母亲的贫穷，都没能左右我的精神生活。我只幻想着会有巨大的天空压榨机，把灾难、悲惨的结局、灭绝人性的悲剧、人或物质、丑陋的东西或美好的东西，统统在同样的条件下碾碎。有时候，我还会把早春的天空呈现的非同寻常的光辉，误以为是覆盖大地般的巨斧的冰凉利刃在发光。我一心等着它落下，让人来不及思考地迅速落下。

如今我仍然觉得不可思议。我并不曾被黑暗思想所缚。我所关心的、所面对的难题应该只限于美的问题。但是，我并不认为战争对我有所影响，使我产生了黑暗的思想。如果太过专注于思考美的问题，人在这个世界上，就会不自觉地与最黑暗的思想邂逅。人类原本就是这样的吧。

我想起战争末期在京都的一件往事。那件事让人百思不解，目击者不光是我自己，鹤川也在我身边。

那是一个停电之日，我和鹤川一起去了南禅寺[1]。我们还没有参拜过南禅寺。我们横穿宽宽的公路，走过架在倾斜索道上的木桥。

那是五月的一个大晴天。索道已经不再使用，牵引船只的斜坡上的轨道生了锈，几乎被杂草掩没。杂草中的白色十

1 南禅寺，临济宗南禅寺派的大本山，位在京都五山之上。

字形小花随风颤抖着。一直到索道斜坡的起点都是一片污水，倒映出岸边茂盛的樱树林荫道。

我们站在那座小桥上，茫然地凝望着水面。在有关战争期间的各种回忆中，这类短暂而无意义的片段，留下的印象反而很鲜明。这种无所用心、完全放松的短暂时间，宛如从云间偶尔露出的碧空那样随处可见。这种时间，犹如极其快乐的回忆那样鲜明，实在不可思议。

“真好啊！”我又无缘无故地微笑着说。

“嗯。”鹤川也瞅着我微笑了。

我们两人深深地感到这两三个小时是由我们自己支配的时间。

在碎石铺就的宽阔道路旁，有一条摇曳着美丽水草的清澈水渠。再往前走就看到了那个有名的山门。

寺内看不到一个人影。在新绿丛中，散着许多塔头的甍瓦，好似倒扣的巨大铁锈红色的书，非常醒目。战争这种东西，在这个瞬间到底算什么呢？在某个场所某个时期里，战争仿佛只是人的意识中才有的奇怪的精神性事件。

传说当年石川五右卫门[1]，脚踏在楼上的栏杆上观赏满目樱花，大概就是在这个山门吧。我们到底还是孩子，虽说樱

1　石川五右卫门(1558—1594)，日本桃山时代的大盗。最终被判极刑，于京都三条河原被煮杀。小说中的这段描写，是来自歌舞伎中的一个片段。

花时节已过，还是想学着五右卫门一样的架势，眺望一下这美景。我俩花了点门票钱，登上木色已发黑的很陡的梯子。登上一层后，鹤川的头撞到了低矮的天花板。我刚一取笑他，自己也撞上了。我们又绕了一圈，再次登上一层台阶，便来到了楼上。

从地窖似的逼仄阶梯爬上来，冷不丁打开了视野，令人无比畅快。只见眼前一派叶樱[1]和绿松染成的碧色，隔着密密麻麻的民居，再往前横亘着平安神宫的葱郁森林，京都街市的尽头是雾气迷蒙的岚山，以及北方、贵船、箕之里、金毗罗等山峦，我们尽情观赏了这些美景之后，才像个寺院僧徒的样子，脱掉鞋子，恭恭敬敬地进入佛堂里。昏暗的佛堂有二十四铺席大小，释迦像端坐中央，十六尊罗汉的金瞳在黑暗中熠熠放光。这里叫作五凤楼。

南禅寺虽同属临济宗，但不同于相国寺派的金阁寺，是南禅寺派的大本山。就是说，我们是在同宗不同派的寺院里。不过，我们二人就像普通中学生一样，手持说明书，观赏了

1　叶樱，花散落并已长出嫩叶时的樱花树。

据说是出自狩野探幽[1]和土佐法眼德悦[2]手笔的色彩鲜艳的藻井画。

藻井的一边，画了飞翔的天人和他们弹琵琶、吹笛子的画，另一边画了手捧白牡丹展翅飞翔的迦陵频伽。它是栖息在天竺雪山的妙音鸟，上半身是丰满的女子，下半身是鸟。藻井中央还画了一只华丽彩虹般的凤凰，与金阁顶上的鸟虽是友鸟，非常相似，却不同于那只威严的金鸟。

我们在释迦像前跪下来，合十祈祷，然后走出了佛堂。但是，我们还不想就此离开楼上，于是，便倚在楼梯口侧面朝南的栏杆上。

我总感觉在什么地方看到了色彩艳丽的小旋涡似的东西。我以为是刚才看的五色斑斓的藻井画在眼里留下的影像。那种凝聚了丰富色彩的感觉，就像那只酷似迦陵频伽的鸟，隐身在绿叶丛中或苍松翠柏的枝丫上，让人只能从缝隙间一窥它那华美的羽翼。

那并不是什么华丽的鸟。在我们俯视的下方，隔着马路有一座天授庵。在种着数棵矮树的素朴寂静的庭院里，用四

1　狩野探幽(1602—1674)，江户时代初期的画家，本名守信，后称探幽斋。作为幕府的御用画师，开创了狩野一门的繁荣。二条城、名古屋城的隔扇画最为闻名。

2　土佐法眼德悦，即土佐光起(1617—1691)，土佐派主要画家，自中世到近世，以大和绘为代表，世袭绘所主任。后被狩野派压倒而衰微。

方石对角铺成的一条曲径，蜿蜒通向开着拉门的宽阔客厅。可以清楚地看见客厅里的壁龛和展示架。看样子那里经常用于举办献茶，或是出租给人举办茶会，地上铺着鲜艳的绯红色地毯。一个年轻的女子跪坐在地毯上。刚才映入我眼帘的原来是她。

战争期间根本看不到穿着这么华丽的长袖和服的女子。如果穿着这样的盛装出门，半路上就会被人批评，不得不返回。她这身长袖和服就是如此华美。虽然看不清是什么花纹，却能看见天蓝底色上的各种绘花或绣花，绯红腰带上也是金丝闪烁，夸张地说，整个房间都因此而灿然生辉。年轻美丽的女子姿态端庄地跪坐着，她那白皙的侧脸凛然如雕刻，令人不禁怀疑她是否还活着。我磕磕巴巴地问道：

“她到底是不是活人呀?”

“我刚才也觉得奇怪呢。好像偶人似的!”

鹤川将前胸紧紧贴在栏杆上，眼睛盯着女子回答。

这时，从里面走出一位身着陆军军装的年轻军官来。他非常规矩地在离女子一二尺[1]的地方，面对女子端坐下来。好久好久，两个人一动不动地对坐着。

女子站起来了，静静地消失在走廊的昏暗之中。半晌，那女子端着茶碗回来了，微风拂弄着她的和服长袖。她跪在

1　尺，长度单位，1 尺约等于 0.3 米。

男子面前进茶。按茶道礼法上过淡茶后，她又回到原来的地方跪坐下来。男子好像在说什么，却迟迟不喝一口茶。我感觉这时间极其漫长，气氛异常紧张。女子深深地低着头……

随后发生了叫人瞠目结舌的事情。女子保持着端庄的坐姿，迅速解开了领口。我似乎听得见从勒紧的腰带内侧抽出衣襟时发出的窸窣声。雪白的胸脯袒露出来了。我屏住了呼吸。女子竟然在光天化日之下，用自己的手将一侧雪白而丰满的乳房托出来。

士官手捧深色茶碗，膝行到女子跟前。女子用双手揉着乳房。

我不能说真切看到了这些情景，但我仿佛亲眼看到了似的感觉到了：那白色的温暖乳汁喷溅在深色茶碗内侧冒着泡的绿茶中，将残留着奶滴的乳房收回去的情形，平静的茶水因白色乳汁而混浊起沫的情形……

男子双手捧起茶碗，将这奇异的茶一饮而尽。女子雪白的胸脯已被遮掩了。

我二人直看得脊背发僵。后来我们回溯整个过程，猜测这女子很可能怀上了士官的骨肉，在此和出征的士官举行辞别仪式。然而，我们当时的感动是拒绝任何解释的。由于看得太投入，竟然没有意识到，那对男女不知何时已从客厅消失了，只剩下一块宽宽的绯红色地毯。

我看到了浮雕般的白皙侧脸和雪白的胸脯。而且那女子离开以后，那天剩余的时间，以及第二天、第三天，我还在执拗地回想着：那女子不是别人，就是复活的有为子！

第三章

父亲的周年忌日到了。母亲想出了一个出人意料的主意。由于劳动总动员之故，我不能回乡下祭拜，母亲打算自己带着父亲的牌位到京都来，拜托田山道诠和尚，为旧友忌日念上几分钟经。母亲没有钱，只能凭着往日情分，给和尚写了一封信。和尚应了下来，还把此事告知了我。

这个消息，并不令我多么高兴。迄今为止，我有意不提及母亲是有原因的。因为我不愿去想关于母亲的事。

有件事，我一句也不曾责备过母亲，也从没有对人说起过。母亲恐怕也没有察觉我知道那件事。但是，自从目睹了那件事，我心里至今都没有原谅母亲。

事情发生在第一个学年的暑假，我初次回故乡省亲的时候——那时我为了上东舞鹤中学，寄居在叔父家。当时母亲的一个名叫仓井的亲戚，因大阪的生意失败，回到了成生村，可他是个倒插门，妻子不让他进家门。没办法，在妻子火气未消之前，他就借住在我父亲的寺院里。

我们寺院里蚊帐很少，母亲和我就跟父亲在一顶蚊帐里睡觉，幸运的是居然没有被染上结核病，现在又多了个仓井。我记得那年夏天的一个深夜，我听到蝉儿发出尖锐而短促的鸣叫，在院里的树木之间飞来飞去。大概是这叫声把我吵醒了。海潮汹涌，海风掀动着草绿色蚊帐的边角。蚊帐晃动得格外厉害。

蚊帐被海风吹得鼓起来，随风晃动不停。因此被风吹变形的蚊帐，并不是风的忠实形状，风势减弱后，棱角就消去了。犹如竹叶摩擦铺席发出的声音，原来是蚊帐底边发出来的。然而此时蚊帐的晃动，并不是刮风造成的，是比刮风更轻微的晃动，是涟漪那样扩散到整个蚊帐的晃动，那晃动抽动着粗布蚊帐，从里面看见大蚊帐的一个侧面，好似越来越不安的湖面，就像是湖上由远方驶来的船激起的波浪，又像是已经驶远的船留下的余波……

我提心吊胆地朝晃动的源头望去，顿时感到在黑暗中睁开的眼珠，被锥子扎了一下似的。

四个人睡在一个蚊帐里很挤，我挨着父亲，翻身时不知不觉把父亲挤到了角落里。于是，我和我看到的景象之间只有打皱的白床单，在我背后，蜷缩成一团熟睡的父亲呼出的气息，直吹我的后脖颈。

我发现父亲醒了，是因为我的后背感受到了父亲憋着咳嗽，导致呼吸不规律地喘息。这时候，冷不丁地，十三岁的我睁开的眼睛，被一个又大又温暖的东西遮挡住，什么也看不见了。我立刻明白了。原来是父亲从我背后伸过双手，遮挡了我的眼睛。

至今我还清楚地记得那双手。那是一双无法描述的宽大手掌。它从我背后伸过来捂住我的眼睛，将我所看到的地狱迅速遮蔽了。这是来自彼岸世界的手掌。不知是出于爱，还是慈悲或者屈辱，这手掌立即遮挡了我面对的恐怖世界，将它掩埋在黑暗之中。

我在这手掌里轻轻点了点头。父亲由此马上明白我已经谅解、同意了，便松开了手掌……手掌松开后，我仍旧遵照手掌的命令，紧紧闭着眼睛，度过了不眠之夜，直到天色放亮，眼皮透进了阳光。

——还记得前面我说过吧，多年后，父亲出殡时，我因突然看到父亲的遗容，一滴眼泪也没有掉的事情。随着父亲的死，那手掌的羁绊被解开，我一心望着父亲的遗容，来确认了自己的人生。我对于那手掌——被世人称为爱情的东西，虽如此耿耿于怀，不忘复仇，但对母亲，与那不可宽恕的记忆无关，至今也没想过要复仇。

……住持给我来信说："同意母亲在父亲周年忌日的前一天，来金阁寺借住一宿。希望我在忌日当天也跟学校请假一天。"义务劳动是当天去当天回的。到了忌辰前一天，一想到回鹿苑寺，我的心情便沉重起来。

鹤川是个透明而单纯的人，他为我能和母亲久别重逢感到高兴，寺院的师兄弟也对这事感到好奇。我憎恨贫穷寒酸的母亲。我不知该怎么向热情的鹤川解释为何不想见到母亲。工厂一收工，鹤川就一把抓着我的胳膊说：

"咱们跑着回去吧！"

说我根本不想见到母亲，有些夸张了。我并不是不想念母亲。我只是讨厌面对面地表露对亲人的爱，也许是在给这种厌恶感寻找各种借口吧。这就是我的恶劣个性。如果通过各种借口使真实的感情合法化另当别论，问题是，有时候自己头脑里编出来的无数理由，将自己都意识不到的感情强加给了自己。其实那种感情本来就不属于我。

不过我的厌恶中确实有其正确的成分，因为我自己就是个让人嫌恶的人。

"干吗要跑呢。太累了。慢慢走着回去就行了。"

"你是打算这样让你母亲心疼你，撒撒娇吧！"

鹤川总是这样，对我错误地解读。但是对我而言，他是个一点也不让人讨厌的不可或缺的人。他是我的一个真诚善意的翻译，是把我的语言翻译成世俗语言的难能可贵的朋友。

对了，有时候我觉得鹤川就像是个从铅里提炼黄金的炼金术大师。我是照片底版，他是照片。经过他的过滤，我的浑浊而阴暗的感情，无一不变成透明的光彩夺目的感情，我不止一次地为之瞠目结舌！当我一边磕磕巴巴说话，一边踌躇不决的时候，鹤川的手将我的感情破译出来，传达给了外界。我从这些惊愕中学到了：若只停留在感情的限度内，即便是这个世间最恶毒的感情也和最善意的感情没有差别，其效果是一样的，无论是杀意还是慈悲心，看上去都没有不同。即便穷尽词语进行解释，鹤川恐怕也是不会相信这些的，然而对我来说，则是一个可怕的发现。即使由于鹤川，我不再惧怕伪善了，也是因为伪善在我看来，成了相对的罪孽罢了。

在京都虽然没有遭受过空袭，但是有一次工厂派我出差，当我拿飞机零部件的订货单到大阪总厂去的时候，碰巧遇到了空袭，亲眼看到一个肠子都露出来的职工，被人用担架抬走了。为什么露出的肠子会那样凄惨？为什么看到人的内脏，会惊悚得捂住眼睛？为什么流血会给人那么大的刺激？为什么人的内脏是丑陋的？……那些内脏和光滑柔嫩的肌肤不是完全同质的东西吗？……如果我说，从鹤川那里学到了，将自己的丑陋化为无的思维方式，他会是什么表情呢？说到体内和体外，倘若把人看作玫瑰花之类没有内外之别的东西，为什么会被人们认为是毫无人性的呢？如果人可以让精神内部和肉体内部，像花瓣那样在阳光和五月的微风中，柔情万种地飘然翻飞的话……

母亲已经来了，正在老师房间里说话。我和鹤川跪坐在初夏傍晚的檐廊上说了声：“我们回来了！”

老师只把我叫进屋里，对母亲说了些这孩子很努力，等等。我一直垂着头，几乎没有朝母亲看。我只瞥见她洗得发白的藏蓝色缩腿裤和放在膝头的肮脏的手指。

老师对我们母子说“可以回去了”。我们再三鞠躬后，走出了房间。小书院朝南的一个正对院子的五铺席储藏室就是我的房间。只有我们两人的时候，母亲哭了起来。

这是我预料中的，所以能够保持冷漠。

“我已经在鹿苑寺出家了，所以在我出徒之前，不要来看我！”

“我明白，我明白。”

用这种残忍的话迎接母亲，让我心里欢喜。母亲则像从前一样钝感，也不生气，叫我心里起急。虽说如此，母亲若是跨过门坎进入我的内心，我可是连想都不敢去想。

母亲晒黑的脸上有着一对细小而狡黠的窝窝眼，只有嘴唇像别种生物那样红艳艳的，一口乡下人特有的坚固大板牙。换作城里的女人，还是浓妆艳抹也不奇怪的年龄。母亲的面孔就像是尽可能让自己看着很丑似的，却又残存着某种沉淀般的肉感，我敏感地捕捉到这一点，心生憎恨。

从老师那里回来后，母亲痛哭了一场，然后掀开衣襟，用配给的人造纤维手巾擦了擦晒黑的胸脯。动物皮毛似的发亮的手巾被汗浸湿，愈加发亮了。

母亲从背包里掏出大米来，说这是送给老师的。我一直沉默着。母亲又取出用灰色旧丝绵包了多层的父亲的灵牌，放在我的书架上。

“真是太幸运了，明天请大师给你父亲念了经，他也会高兴的。”

“办完了忌辰，妈妈就回成生去吗？”

母亲的回答让我很意外。她告诉我，那寺院的所有权已转让给他人，一点点田地也卖掉了，还清了父亲生前跟人家借的治疗费，今后她就一个人去投靠京都近郊加佐郡的伯父家，来金阁之前，她已经跟伯父说好了。

我再也没有可回的寺院了！那荒凉的海角村庄再没有人迎接我了。

不知母亲看到这时我脸上浮现出的解放感会做何感想。她凑到我的耳边说：

“我跟你说，已经没有属于你的寺庙了。你今后的出路，只有争取当上这个金阁寺的住持了。你一定要让大师喜欢你，成为他的接替者，你明白吗？妈妈活着，就是为了看到你有这么一天呢！"

我慌乱起来，扭脸朝母亲看去，却又害怕得没敢正眼瞧她。

储藏室里已经黑了。由于母亲凑近我耳边说话，我周围弥漫"慈母"的汗味。我还记得，就在这时母亲笑了。遥远的吃奶时的记忆、浅黑色乳房的记忆，这种心象，非常不快地在我的内心旋转。被点燃的可鄙的野心之火中，有着某种肉体的强迫般的东西，就是它使我感到恐惧不已的。母亲卷曲的鬓发碰到我的脸时，我看见薄暮的院子里，长满青苔的洗手钵上落着一只蜻蜓。夕阳映在那小小的圆形水面上。四下听不到一点声音，此时的鹿苑寺仿佛是一座无人的寺庙。

我终于直视母亲了。母亲咧开黏滑的嘴角笑着，金牙闪闪发亮。我的回答更加结巴了。

"可是，我早晚……会被……征兵的，可能……还会……战死呢。"

"傻小子，要是连你这结巴都去当兵，日本也就没救了。"

我一直梗着脖子，对母亲怀着憎恨，但是断断续续说出来的话，不过是遁词。

"要是遇到空袭，金阁也可能被烧毁啊。"

"看眼下这形势，京都绝不可能挨炸了，因为美国人会顾忌的。"

……我没有回答。薄暮时分的寺庙中呈现出海底的颜色。石头以激烈格斗的姿态沉入黑暗中。

母亲对我的默不作声不以为意，站起身来，不客气地打量着围绕五铺席房间的板门说：

“还不到晚饭时间吗？”

——事后回想起来，这次与母亲见面，对我的心灵造成了不小的影响。如果说，此时我才发现，母亲一直生活在和我不同的世界里，那么母亲的想法，第一次对我产生巨大的作用也是这个时候。

尽管母亲与美丽的金阁是天生无缘的那种人，可是她具有我所不了解的现实感觉。尽管有违我的梦想，但京都也许真的可以躲过空袭。假如今后金阁不会遭遇空袭的危险，我的人生转瞬间就会失去意义，我居住的世界就会瓦解。

我虽然憎恨母亲叫我吃惊的野心，却又被它俘虏了。父亲倒是不曾说过一句这类的话，但他很可能是在和母亲同样的野心驱使下，把我送到这个寺庙里来的。田山道诠法师是独身。如果法师本人是受上任法师之托继承的鹿苑寺，那么只要我用心，也有望被选为法师的继承人。能够如愿的话，金阁就属于我了！

我的脑子混乱了。位居第二的野心成了沉重的负担后，我回归了位居第一的幻想——金阁遭受空袭。这一幻想被母亲直言不讳的现实判断打破之后，又回到了第二位的野心上来。由于想入非非，思虑过度，我的后脖颈上长出了一个红红的大脓包。

我没有把它当回事。结果这个脓包生了根，以灼热的重量压迫着我的后脖颈。在我难受得夜不成寐时，梦见我脖颈上生出了纯金的背光，为了在我的后脑勺形成椭圆形光环，背光一点点在扩大。我一觉醒来，才明白是这恶毒的脓包隐隐作痛。

我终于发高烧病倒了。住持把我送去看外科医生。身穿国民服、打上绑腿的外科医生，给这脓包起了个简单的名称——“疖子”。他连酒精都舍不得用，用火苗给手术刀消了消毒，就动了手术。

我呻吟起来。我感到灼热的沉重世界在我的后脑勺绽开、枯萎、凋零了……

*

战争结束了。在工厂里聆听宣读停战诏书的时候，我的脑子里想的当然都是金阁。

一回到寺庙，我便匆匆跑去看金阁，并不奇怪。观光路上的碎石被盛夏的骄阳炙烤着，我那双运动鞋的劣质胶底粘满了小石子。

听完停战诏书后，换作东京，人们大概会跑到皇宫前去的，而在京都，有许多人跑到无人居住的京都御所前去哭泣。在京都，供人们这种时候去哭泣的神社佛阁多的是。全国各地的寺庙这一天都会香火缭绕的，可就是没有人来金阁寺。

因此炽热的小石子路上，只有我孤独的身影。应该说金阁在那边，而我却在这边。从我第一眼看到那一天的金阁，就意识到“我们”的关系已然改变了。

金阁超然于战败的冲击、民族的悲哀，抑或是佯装超然物外。到昨天为止，金阁还不是这样的。毫无疑问，终于躲过空袭的劫难，从今往后再也不用担忧空袭，这就使金阁重新找回了“从古至今我都在这里，未来也永远在这里”的表情。

金阁内部的旧金箔仍是老样子，外墙新涂上了厚厚一层漆，抵御夏天的阳光，金阁就像无用而高雅的摆设那样悄无声息。它就像被放置在燃烧的绿色森林前的、巨大而空无一物的博古架。适合这博古架的摆件，只能是巨大无比的香炉或庞大无比的虚无之类的东西。金阁将这些摆件全部丧失，将其实质洗涤一空，在那里构筑起不可思议的虚幻外形。更奇怪的是，从金阁以往屡屡显现出的美来看，从没有像今天这样美丽过。

金阁从未超脱于我的心象，不，从未超脱于现实的世界，也与任何种类的流变都无缘地、显示过如此牢不可破的美！它从不曾拒绝一切意义，这样美得灿烂夺目。

不夸张地说，望着金阁时，我的两腿在颤抖，额头冒出了冷汗。记得以前，我瞻仰了金阁，回到老家后，它的局部与整体，总是像音乐那样，和谐地在我耳边回响。与之相比，我现在听见的是绝对的静止、完全的无声。那里没有任何流动之物或任何嬗变之物。金阁就像音乐的可怕休止音，就像响彻四方的沉默一般，赫然屹立在那里。

“金阁和我的关系被断绝了。”我暗想，“那么，我和金阁共处一个世界的梦想就破灭了。而且，比原来更没有希望的事态出现了，即美在那边，而我在这边的事态。这个世界只要还存在，就不会改变的事态……”

战败，只让我体验了这种绝望。八月十五日那天的燃烧般的夏日之光，至今还在我眼前闪耀。有人说，所有的价值都毁掉了，可在我的心中恰恰相反，“永远”开始觉醒、复苏，申张其权利了。这“永远”所指的就是，金阁将千秋万代永远存在在那里。

从天而降的“永远”，贴在了我们的脸上、手上，还有腹部，将我们埋葬了。这可诅咒的东西……对了，停战这一天，从四周的群山传来的蝉鸣声中，我也听到了这诅咒般的“永远”。它把我和进了金色的涂墙料里。

这天晚上，在就寝的诵经之前，为祈祷天皇陛下安康，告慰阵亡者之灵，诵了很长的经。自从爆发战争以来，佛门各宗派都穿起了普通的小袈裟，但是今夜，老师特地穿上了好久没穿的红色五条袈裟。

老师那张连皱纹都洗得一干二净的胖脸上，今天也是红润润的，一副志得意满的样子。在闷热的夜晚，那袈裟清脆的窸窣声带来些许凉意。

诵经之后，寺里的人都被唤入老师的居室，老师要在这里开讲。

老师选择的公案，是《无门关》[1]第十四则“南泉斩猫”。

“南泉斩猫”也收入了《碧岩录》[2]，即第六十三则“南泉斩猫”和第六十四则“赵州头戴草鞋”两则，是自古以难解著称的公案。

相传在唐代，池州南泉山上有一位高僧叫作普愿禅师，因山名，人称南泉和尚。

一天，全寺僧人都出去割草时，发现闲寂的山寺里来了一只猫。众僧好奇地四处追逐这只小猫，逮住它后，东西两堂争吵起来，起因是双方都想将这只小猫据为己有。

1 《无门关》，全称《禅宗无门关》，一卷，南宋无门慧开禅师撰写，弥衍宗绍编，评赞唱诵古人公案四十八则。

2 《碧岩录》，宋代圆悟克勤禅师撰，解说雪窦禅师所撰《颂古集》一百则。临济宗重要佛典。

南泉和尚见状，当即抓住小猫的脖子，手拿镰刀比画着，说道：

“得大众道即得救。不得道即斩杀。”

众僧无人应答，南泉和尚把小猫杀死扔掉了。

天快黑时，高徒赵州外出回来，南泉和尚将此事告知，问他怎么看。赵州马上脱了鞋，顶在头上，走出去了。

南泉和尚不禁叹息道：

“唉，今天要是你在寺里，小猫就得救了。”

——公案大致如上，其中赵州顶鞋这段，以难解闻名。

但是，听了老师讲解，会觉得这公案并非多么难解。

南泉和尚斩猫，是为了斩断自我的迷妄，斩断妄念妄想的根源。通过冷酷无情的实践，把猫儿斩杀，意在斩断一切矛盾、对立、自他的执念。若称之为“杀人刀”，赵州的做法便是“活人剑”。他将沾着泥巴、被人厌恶的鞋子，以无限宽容之心顶在头上，从而践行了菩提之道。

老师只讲解了这些，就结束了开讲，没有谈及日本战败的事。我们都满腹狐疑，完全搞不懂老师为什么在战败之日，专门选择了这个公案？

沿着走廊回自己房间的时候，我向鹤川提出了这个疑问。鹤川也摇摇头说：

“我也想不通呀。不在僧堂住些日子，是搞不明白的。不过，要说今晚讲课的妙趣就在于，战败之日，一句不提战败的事，只讲什么斩猫。”

虽然战败了，我并没有遭遇不幸。然而，老师那张满足而幸福的面孔，令我有些不安。

虽说在一个寺里，按惯例是倚靠对住持的尊敬之念来维持寺庙秩序，但过去的一年中，我跟随老师修业，并未曾对老师产生过深深的敬爱之心。这倒也罢了，可是被母亲点燃了野心之火以来，我十七岁的眼睛，开始以批评的目光看老师。

老师是不偏不倚的。但是他那种公平很容易让人想象，假如我当上了住持，也能那样不偏不倚的。而且老师的性格里，还缺少禅僧独特的幽默感。即便平日里，他那胖墩墩的样子也常叫人忍俊不禁。

我听说老师是个沉溺女色的人。只要想象老师猎艳时的情形，我就觉得又好笑又不安。女人被他那桃红色的糯米点心似的肉体搂在怀里，不知是怎样的心情？她们大概会觉得，这桃红色的柔软肉体铺满了整个世界，自己被埋在肉体坟墓里吧。

对于禅僧也有肉欲这一点，我怎么都想不通。老师如此好女色似乎是为了舍离肉体、轻蔑肉体。然而那被轻蔑的肉体，却尽情地吸收营养，光溜溜地包裹着老师的精神，实在让人费解。那肉体就像被驯服的家畜，温驯而谦恭。对于和尚的精神而言，恰似小妾的肉体……

我必须先说明一下，战败对我来说，究竟意味着什么。

战败并不是解放。绝对不是解放。它不过是不变之物、永恒之物、融化进日常生活中的佛教意义上的时间的复活而已。

从战败的次日开始，寺里又恢复了每日的功课程序。起床、早课、早餐、杂务、打座、晚餐、入浴、就寝……再加上，老师严禁我们买黑市米，所以只能依靠施主的捐赠。为了我们几个正长身体的孩子，副司有时以施主捐献的名义，买点黑市米回来。因此稀得见底的粥碗里，只有可怜的几粒米。我们还经常去农家买白薯。不仅是早餐，连午餐、晚餐也都是稀粥和白薯，我们总是处在饥饿之中。

鹤川央告东京的家里经常寄些甜食来。夜深人静后，他就拿到我枕边来，跟我一起吃。深夜的天空，间歇地划过几道闪电。

我问鹤川，你为什么不回到吃喝不愁的家乡和慈爱的父母身边呢?

“因为饿肚子也是修行。反正我早晚要继承父亲的寺庙。”

鹤川似乎丝毫不以诸事为苦。他就像筷子套盒里的一双筷子一样规矩。我继续追问，他说：意想不到的新时代将会到来。这时，我想起停战后第三天，去上学的时候，听见大家议论纷纷，说负责工厂的士官，把满满一卡车物资运到自己的家去了。士官还大言不惭地说，今后老子要做黑市买卖了。

我想，那个胆大包天、有着残忍而敏锐眼光的士官，正在奔向罪恶。他穿着的矮腰靴奔跑的道路前方，有着与战争中的死亡酷似的朝霞般的无秩序。他胸前飘动着白绸围巾，背着偷窃的沉重物资，迎着拂面而来的夜风出发了。他将会以飞快的速度奔向毁灭吧。可是，在更远的地方，闪耀着无秩序之光的钟楼上，正在敲响更轻快的钟声……

我被这一切隔绝了。我没有钱，没有自由，也没有解放。但是，当我说出“新的时代”时，十七岁的我已然下定了决心，尽管它还不是很清晰具体。

我的决心就是：“倘若世上的人们，是通过生活和行动感知作恶，我就要更深地沉入内心的恶之中。”

然而，我最先想到的恶，只限于讨好老师，将来继承金阁的程度。或者做些不着边际的白日梦，幻想把老师毒死，然后我来取代他，等等。当我确认鹤川没有这样的野心后，这个计划竟然让我的良心获得了安慰。

“我问你，对未来，你就没有一点不安或希望吗？”

“没有啊，什么也没有啊。再说，有又有什么用呢？”

鹤川回答，从他的口气里，听不到半点阴暗或破罐破摔的情绪。这时，一道闪电照亮了他那对修长的细眉，那是他脸上仅有的纤细部分。我猜想，鹤川是由着剃头师傅修了眉毛。结果，原本就细的眉毛，愈加人为的变得纤细，眉梢处隐约可见剃过的青痕。

我瞧了一眼那青痕，猛然被不安所袭。这少年和我这种人不同，他的人生的纯洁末端正在燃烧。直到燃烧之前，他的未来都是被掩盖着的。未来的灯芯浸在透明而冰凉的灯油里。如果未来只存留着纯洁与无垢，人又何必去预见自己的纯洁与无垢呢？

……那天晚上，鹤川回了他的房间后，入秋后的闷热使我辗转难眠。再加上克制自渎习惯的念头，赶走了我的睡意。

我偶尔会梦遗，倒也没有具体的发情图像，比如梦见一条黑狗，奔跑在黑暗的街道上，它张开火红的嘴巴，呼呼地喘着气，脖子上挂的铃铛响个不停。我随之亢奋起来，当那铃声的频率达到顶点时，我已经射精了。

每次自渎时，我都会陷入地狱般的幻想。眼前浮现出有为子的乳房，接着出现了有为子的大腿。而我则变成了一条极其微小而丑陋的虫子。

我翻身而起，悄悄从小书院的后门溜了出去。

鹿苑寺的后面，从夕佳亭再往东走就是不动山。山上覆盖着赤松，在松林间生长着茂密的竹丛，水晶花和杜鹃花等灌木夹杂其中。我对这座山特别熟悉，哪怕是夜里爬山也不会摔倒。登上山顶后，可以远望上京、中京、远处的比叡山和大文字山。

我往山上攀爬。听着被我惊飞的鸟儿扇动翅膀声，我也目不斜视，一边躲避树墩子，一边登山。我感到这样什么也不想地爬山，立刻治愈了我的焦虑。上到山顶后，一阵凉爽的夜风吹来，抚弄着我被汗水湿透的身体。

眼前的景色让我不禁怀疑起了自己的眼睛。长期以来的灯火管制解除后，京都市成了一片望不到边的灯海。战后，我从没有在夜晚登过这座山，所以这壮观的景色，在我眼里简直就是奇迹。

那万家灯火呈现出一个立体。散落在平面上的灯光没有了远近感，犹如一座纯粹由灯光建成的透明大建筑，长出复杂的犄角，伸展翼楼，巍然耸立在暗夜中央。这才配得上都城的称呼。唯独京都御所的森林黑乎乎的，就像一个巨大的黑洞。

在远方，闪电不时地从比叡山一带划过，直抵黑暗的夜空。

“这就是俗世。”我思考着，“战争结束了，在这些灯下，人们都被邪恶的念头所驱动。无数男人女人在灯下互相对视，嗅着迫近眼前的死亡般行为发出的气味。一想到这无数灯火皆是邪恶之光，我的心就得到了抚慰。我祈祷心中的邪恶繁殖，无限地增多，放射光芒，以便与眼前多如繁星的灯火一一对应！祈求包裹这些邪念的我的黑暗内心，能够与包裹这万家灯火的黑夜并驾齐驱！”

*

参观金阁的游客一天天多起来。老师向市政府申请提高参观门票价格，这一貌似应对通货膨胀的要求，顺利得到了批准。

战时来参拜金阁的人，只有零星穿军服、工作服或收腿劳动裤之类的普通游人。占领军的到来，促使俗世的淫靡之风聚集于金阁周边。与此同时，献茶的习俗也恢复了，妇女们穿上战时费尽心思收藏多年的漂亮衣裳登上了金阁。暴露在她们眼前的我们这些穿着僧衣的僧人，和她们的多姿多彩形成了鲜明的对照，就好像我们撒酒疯，装扮成僧侣了，不然就是当地居民，为了来猎奇的游客，刻意固守古老的奇风异俗似的……尤其是美国兵们，还肆无忌惮地揪着我的僧衣袖子取笑。或者塞给我们几个钱，让我们把僧衣借给他们拍纪念照。要不是因为老向导不会英语，鹤川和我常被拉去充当很蹩脚的英语向导，我也不会这么倒霉。

战后的第一个冬天到了。有个星期五，从晚上开始下雪，直到星期六还没有停歇。在学校时，我就一直盼着中午提早回来，观赏雪中的金阁。

午后仍在下雪。我换上长筒胶鞋，挎着书包，沿着参拜路走到了镜湖池边。雪花纷纷飘落，我仰头朝着天空，张大了嘴，小时候我就经常这么干。雪片纷纷落在我的牙齿上，发出打在薄薄锡纸上似的声音，还源源不断地向我温暖的口腔中坠落，融化在我的口腔里。此时，我是在想象究竟顶上的凤凰的嘴，那只金色怪鸟的光滑而热乎的嘴。

大雪使我回到了少年的心态。其实过了年我才十八岁。即便我感到体内充满了少年的活力，也算说谎吗？

银装素裹的金阁之美是举世无双的。这座四面通透的建筑，挺立着根根细柱，傲雪迎风，英姿飒爽。

我思索着为什么雪不会口吃呢？有时雪花掉到八角金盘的叶子上时，也会像结巴似的，磕绊一下落在地上。然而，当我沐浴在从一无遮拦的天空飘然落下的雪花之中，便忘却了心灵的扭曲，犹如沉浸在动听的音乐中，我的精神恢复了正常的律动。

事实上，立体的金阁拜大雪所赐，变成了随遇而安的平面的金阁、画中的金阁。两岸红叶山上的枯枝支撑不住雪花，所以那片树林显得比往日更秃了。雪团堆积在一棵棵松树上，蔚为壮观。水池冰面上又覆盖了一层厚厚的积雪，但有的地方竟然不积雪，那些白色大斑点，如装饰画上的云朵，被大胆地描绘出来。九山八海石[1]和淡路岛，也与水池冰面上的白雪连成一体，那里的茂盛小松树，看似偶然从冰面和雪原的正中央生长出来的。

无人居住的金阁，除了究竟顶和潮音洞这两个屋顶，再加上漱清殿的小屋顶，这三个屋顶呈现出清晰可辨的雪白色之外，暗淡复杂的木质骨架，在雪中反被衬托出醒目的黑色。这就像我们在观赏南画[2]的山中楼阁时，会突然冒出里面说不定有人居住的念头，把脸凑近画面窥视一样，这金阁古朴油黑的木色光泽，也使我忍不住想窥探一下，金阁里是不是住着什么人。即使凑近它，我的脸想必也只会碰到冰冷的白雪绘绢，不可能更接近了。

究竟顶的门扉，今天也朝着漫天大雪敞开着。仰望究竟顶时，我的心看到了飘进来的雪片，在空无一物的小空间里旋转飞舞，最后落在壁面生锈的旧金箔上，没有了呼吸，直至凝结成小颗金色露珠的全部过程。

……次日星期天的早晨，老向导来找我。

原来还没到开门时间，美国大兵就来参观了。老人打着手势让他们等着，便来找“会英语”的我。奇怪的是，我的

1　九山八海石，以名石奇岩来表现五湖四海的景致，借喻极乐净土。
2　南画，南宋画的略称。

英语说得比鹤川还好，而且一说英语，也不结巴了。

一辆吉普车停在正门前。一个喝得醉醺醺的美国兵扶着正门柱子，俯看着我，轻蔑地一笑。

雪过天晴的前院很刺眼。这个一脸横肉的青年，背朝着刺眼的雪景，冲着我的脸呼出一口带着浓浓威士忌酒味的气息。虽说这种事司空见惯，但是联想到在这类高大人种内心流动的感情，我有些不安。

我一向不做任何反抗之举，所以尽管还没到开门时间，我还是说了声“为你特别服务”，并要他支付游览费和导游费。没料想，这个猛男醉汉竟然顺从地掏了钱，然后瞅了一下吉普车里头，说了句“出来吧”。

因为莹莹白雪太耀眼，所以刚才我看不见黑乎乎的吉普车里有什么人。此时才看见车篷的窗口里，有个白乎乎的东西在动。好像是兔子似的东西。

随后一只穿着尖细高跟鞋的脚伸到吉普车的踏板上。在这寒冬腊月，她竟没有穿袜子，着实叫我吃了一惊。这女人身穿火红色大衣，一看便知是专门服务美国兵的妓女，她的脚指甲和手指甲都染着同样火红的指甲油。她伸腿时，从大衣下摆露出了脏兮兮的毛巾睡衣。这女人也醉得厉害，两眼发直。那个男人虽然喝醉了，倒是像模像样地穿着军装。看样子，女人是刚一起床，就在睡衣外披上大衣，裹上围巾出了门。

站在荧光刺眼的雪地上，女人的脸显得格外苍白。她那没有血色的脸上，凸显出口红无机物似的绯红色。女人一下车，就打了个喷嚏，纤秀的鼻梁上蹙起细密的皱纹。她抬起疲倦的醉眼，瞧了瞧远处，复又深深地沉入混沌之中。紧接着，她呼唤起了男人的名字。

“加克，兹·科尔德！兹·科尔德！”

她发音不准，把杰克叫成了加克。这女人的声音哀切地流淌在雪地上。男人没有回应。

对于做这种营生的女人，我还是第一次感到了美。这并不是因为她像有为子。她就像是一幅经过仔细琢磨、刻意使每个细节都尽可能画得不像有为子的肖像画。这似乎是抗拒回忆有为子而形成的影像，因而带有反抗色彩的新鲜的美感。也就是说，对我在人生中最初感受的美导致的官能的反抗，有着某种媚态般的感觉。

这女人只有一点和有为子是共通的，就是对我这个穿着脏制服和靴子的僧人，连瞧都不瞧一眼。

那天一大早，全寺总出动，总算清理出了一条观光路。我们打扫出的这条小道，赶上旅游团恐怕有困难，但一般情况下，排成一列走是没有问题的。我沿着这条路，领着美国兵和女人往前走。

美国兵来到池畔，视野一下子开阔了，他便伸开两臂，叽里呱啦喊着什么，还发出欢呼声，粗野地摇晃着女人的身体。女人皱起眉头，只重复了一句：

“噢！加克，兹·科尔德！”

美国兵看到被积雪压弯的常绿树叶中露出亮晶晶的红色果实，问我那是什么。我只能回答是“常绿树”。和他那彪悍体形不相称，这个美国兵说不定是个抒情诗人，但他那透明的蓝眼睛里透着残酷。在《鹅妈妈童谣》这本外国儿歌集里，恶意地说黑眼睛的人很残酷，看来在别国人身上寻求残酷性，是人类的一种通病吧。

我按部就班地领着他们参观了金阁。醉醺醺的美国兵晃晃悠悠地把鞋脱下来，东扔一只西扔一只。我用冻得发僵的手从兜里掏出英文说明书——这是专门在这种场合读给游客听的。可是美国兵从旁边一把抢了过去，怪声怪气地读起来，结果我这个导游就没事干了。

我凭靠在法水院的栏杆上，望着闪闪发光的池面。金阁里面从来没有被照得这般明亮过，令人有些不安。

就在这工夫，朝着漱清殿走去的这对男女争吵起来。他们吵得越来越凶，可我一句也听不清。女人也不甘示弱地跟他对骂，不知她说的是英语还是日语。两人边吵架边往前走，已经忘了我的存在，最后又回到法水院来了。

美国兵贴近女人的脸骂她，女人狠狠地扇了他一巴掌，转身就跑。她穿着高跟鞋，沿着参拜路向入口跑去了。

我搞不清状况，赶紧从金阁上下来，顺着池畔追赶，可是等我追上女人的时候，大长腿美国兵已经追上了她，揪住了女人的火红色大衣的胸口。

这时美国兵瞅了我一眼，轻轻地松开揪着女人大红前襟的手。不过那只松开了的手，似乎充满了不寻常的力量。女人直挺挺地向后倒下，躺在了雪地上。火红色大衣下摆掀开了，白皙的大腿袒露在雪地上。

女人也不起来，躺在地上瞪着居高临下的男人的眼睛。我只好蹲下来，想把女人扶起来。

“喂!”美国兵喊了一声。我回头一看，他叉着腿站在我眼前。他用手指叫我过来，并用格外温和而浑厚的英语说：

“你给我踩她！你踩踩她!”

我不明白他要干什么，只看到他那双蓝眼睛俯视着我命令道。他宽阔的肩膀后面，披着银装的金阁灿然生辉，碧空如洗。从他的蓝眼睛里丝毫看不出残酷的神色，在那一瞬间，我只觉得没有比那双眼睛更抒情的了，这到底是为什么呢?

他伸过大手来，抓住我的后脖领，把我揪了起来。但是，他命令的声调仍旧很温和、很平静。

“踩她！我叫你踩她!”

我不敢违抗他，顺从地抬起了穿着胶皮靴的脚。美国兵拍了拍我的肩膀。我的脚落下去了，踩到了春泥般柔软的东西上。原来踩在了女人的腹部。女人闭着眼睛呻吟着。

“接着踩，使劲踩!”

我又踩了下去。与第一次踩下去时的怪异感觉不同，踩第二下时变成了极大的喜悦。这是女人的腹部，这是女人的胸脯，我一边踩一边想着。他人的肉体，竟然像皮球似的做出反弹，实在超出了我的想象。

“可以了。”

美国兵吐字清晰地说。然后，很绅士地把女人扶起来，拂去她身上的泥和雪，扶着女人走了，并没有回头看我一眼。直到最后，女人都没有朝我瞧一眼。

来到吉普车跟前，美国兵让女人先上了车，然后以酒醒后的严肃表情，冲我说了声“谢谢”。他要给我钱，我拒绝了。他就从车座上拿了两条美国香烟，塞在我怀里。

我站在正门外耀眼的雪地上，脸颊变得通红。吉普车扬起一溜雪烟，慢吞吞地摇晃着走远了。吉普车渐渐看不见了，我的肉体却一直兴奋不已。

……直到终于平静下来时，我的脑子里又浮现出伪善的喜悦之念。我想，爱抽烟的老师也不知就里，收到这份礼物该有多高兴啊。

这些事没必要告诉老师。我只不过是受人之命，被迫那么做的。如果反抗的话，我自己不知道会遭受怎样的折磨呢。

我向大书院老师住的房间走去。擅长溜须的副司正在给老师剃头。我就在洒满朝阳的外廊上候着。

庭院里的陆舟松，在灿灿夺目的积雪映衬下，宛如折叠起来的崭新的风帆。

在副司剃头的时候，老师闭目养神，双手捧着一张纸，接着修剪下来的头发。随着剃刀的移动，老师的头清晰地显露出了动物性的生动轮廓。剃完之后，副司用热毛巾包裹了老师的头，过了片刻把毛巾拿掉了。从毛巾下面露出的就像刚出生的、又像是温乎乎的刚煮出来的脑袋。

我终于有机会禀明来意，呈上两条切斯特菲尔德香烟后，叩了个头。

“好啊，你辛苦了。”

老师脸上隐约闪过一丝笑意，只说了这么一句。然后，老师接过两条香烟，公事公办似的，随手放在堆满各种文件和信件的桌子上。

副司开始给老师揉肩膀，老师又把眼睛闭上了。

我只得知趣地退下了，不满的情绪使我身体发热。香烟是因自己干出的不可理喻恶行而得到的奖励，也不问怎么来的就收下香烟的老师……在这一连串的关系中，理应有着更富戏剧性的、更严重的东西。身为老师，却对此毫无察觉，是让我轻视老师的又一个重要原因。

然而，就在我正要退下时，老师把我叫住了，因为这段时间，他正好在考虑给我施加一些恩惠。“为师打算让你……”老师开了口，“一毕业就去上大谷大学。你的亡父想必也挂念这个事呢。所以你可要好好学习，以优异成绩考上大学。”

这个消息转眼就被副司传遍了整个寺庙。因为老师亲口提议让我去上大学，这是相当受到老师器重的证明。据说从前有的弟子，为了让老师允许上大学，到住持房间里，为他揉搓肩背一百个晚上，才终于达成所愿，这种传说不胜枚举。将来会依靠家里供给上大谷大学的鹤川，高兴得拍了拍我的肩膀，可是得不到老师任何许诺的另一个徒弟，从此与我绝交了。

第四章

在旁人眼里，昭和二十二年（1947）春天，我是在老师不渝的慈爱和同门师徒的羡慕之中，志得意满地进入大谷大学预科的。其实并不是这样。关于这次升学，有一件事是我特别不愿意回忆的。

在一个下雪的早晨，老师答应让我升大学的一周后，我从学校一回来，那个没有得到老师照拂升大学的徒弟，满脸笑容地看着我。这之前，这家伙是根本不理我的。

我感觉不论是寺里的杂役僧，还是副司的态度都有些异样，但是，看得出来，表面上他们都装作无事一样。

一天晚上，我到鹤川的房间里，告诉他寺里人的态度似乎有些奇怪。起初鹤川也和我一起琢磨是什么原因，但是，向来不会说谎的鹤川慢慢露出了愧疚的表情，盯着我说：

“我是从那家伙……”鹤川说出了另一个师兄弟的名字，

“从那家伙嘴里听说的。可是，那家伙当时也去上学了，所以不清楚是怎么回事……反正说你不在寺里的时候，发生了些怪事。”

我的心一阵狂跳，执拗地追问下去。鹤川让我发誓严守秘密，然后才窥探着我的脸色，说出了事情的原委。

据说是那天下午，有一个身穿绯红色大衣、专门勾搭外国人的妓女，来寺庙要求见住持。副司代表住持去正门接待了她。女人谩骂副司，非要面见住持。不巧这时老师从回廊上路过，看见那女人，就来到了正门。那女人说，大约一个星期前的一个雪后晴天，一大早她和一个美国兵来金阁游览时，被美国兵推倒在地后，寺里的小和尚，为了向美国兵献媚，用脚踩踏她的腹部。当天晚上她就流产了。为此，特来要求给予赔偿。要是不赔钱，她就向社会控诉鹿苑寺的恶劣行径，把事情闹大。

老师默不作答，给了钱后，打发她走了。老师明知当天的向导就是我，但因为没有人看到我的不道德行为，他吩咐副司绝不让我知道这件事。老师打算一概不予追究。

可是，寺里的人，从副司嘴里一听说此事，都丝毫不怀疑是我干的。鹤川眼泪汪汪地拉着我的手，用他那双透明的眼睛审视着我，问道：

“你当真干出那种事了？”

……他那少年特有的天真嗓音打动了我，我开始直面自己的阴暗情感。是鹤川以这种追根究底般的诘问，促使我去面对的。

鹤川为什么要追问我这件事呢？是出于友情吗？他是否知道由于这样质问我，而放弃了他自己真正的作用呢？他是否知道他这样质问，就会在我心灵深处背叛我吗？

我记得说过多次了，鹤川是我的照片……鹤川如果忠于他的作用，就不应该这样追问我，应该什么也不问，把我的阴暗的情感，毫不走样地翻译成明朗的感情。那时，假的将会变成真实，而真实就会变成虚假。如果鹤川能发挥他那种天生的做法——将所有的阴影说成向阳，将所有的黑夜说成白昼，将所有的月光说成日光，将所有夜里的潮湿苔藓，说成是白天绿油油的嫩叶婆娑，那么，我就会结结巴巴地忏悔自己所做的一切也未可知。可是在这个关键时刻，他居然没有这样做。于是乎，我的阴暗感情获得了能量……

我不置可否地笑了。在这个没有暖气的寺庙里的深夜，膝盖冰凉冰凉的。好多根古老的粗柱子，环绕着我们两个说悄悄话的人。

我不住地颤抖，多半是因为寒冷。不过，第一次公然向这个朋友撒谎的快乐，也足以使我裹着睡衣的腿瑟瑟发抖了。

“我什么也没有干呀。”

“是吗？这么说是那个女人在胡说八道了？浑蛋，居然连副司都相信她的话呢。”

他的正义感渐渐高昂起来，还愤愤不平地说，明天一定要为我去跟老师解释一下。这时我脑海里突然浮现出老师刚刚剃过的脑袋，堪比开水烫过的青菜色。随后又浮现他那张桃红色的人畜无害的脸。对心中这图景，我莫名地突然感到一阵厌恶。在鹤川还没来得及彰显正义感之前，我必须亲手将它埋进土里。

“话又说回来，老师真的会相信是我干的吗？”

“不好说……”鹤川一下子蒙住了。

“不管其他人背后说什么，只要老师能够不再追究，就可以安心了。我这么想。”

然后我开始说服鹤川，说他的辩解只能加深大家对我的猜疑。我说，正因为只有老师知道我是无辜的，所以他才不予追究的。我这么说着说着，心里涌起了喜悦，喜悦渐渐地扎下了坚实的根。所谓“没有目击者，没有见证人”的喜悦……

当然，我并不相信只有老师觉得我是无辜的。恰恰相反。老师一概不予追究，从反面印证了我的这一推测。

老师从我手里接过那两条切斯特菲尔德香烟的时候，就已经看穿了也说不定。他不追究，或许只是为了远远地耐心等着我主动忏悔吧。不只是这样，老师还投给我上大学的诱饵，来换取我的忏悔，我若不忏悔，他就会以不让我上大学，来惩罚我不诚实；若是忏悔，他就会确认我已经真心改过后，再格外开恩，允许我去上大学。更大的圈套在于，老师不许副司告诉我这件事这一点。倘若我真是无辜的，我可以毫无察觉，照常一天天地过日子。倘若我做了坏事，多少还有点智慧的话，我则可以完美地装成一个无辜的人，纯洁而沉默地度日，也就是绝对没必要忏悔地度日。只要模仿就足够了。因为这是最妥帖的办法，是证明我的清白的唯一道路。老师暗示了这一点。引导我落入这个圈套……想到这里，我不禁怒火中烧。

当然，我也不是没有辩解的余地。如果我不踩踏那个女人的话，外国兵可能会掏出手枪逼着我去做的。我无法反抗占领军，这一切我都是在他的威胁下不得不干的。

但是，透过我的胶靴感受到的女人的腹部、那献媚般的弹性、那呻吟声、那种被碾碎的肉体之花绽开的感觉，某种心醉神迷之感，当时从女人体内直通我内心的隐约划过的闪电般的东西……我不能说连这些感觉也是被强迫感受到的。我至今也忘不了那甜美的瞬间。

老师清楚地知道我感受到的内核，那甜美感觉的内核！

之后的一年，我成了一只笼中鸟。笼子不断地出现在我的眼前。我虽然打定主意不忏悔，可是我每天都过得不安宁。

令人不可思议的是，当时我丝毫没有犯罪感的行为，踩踏女人的这种行为，在我的记忆中，竟然渐渐放出了光辉。这不单是因为后来知道此事造成了女人流产。那种行为就像沙金沉淀在我的记忆里，永远放射着刺眼的光芒。是罪恶在放光。对了，不知何时，我已经具备了犯了罪这种明晰的意识，即便是微乎其微的罪恶。它就像一枚勋章，一直挂在我的胸腔里。

……那么，作为现实的问题，直到参加大谷大学考试之前，我除了竭力揣摩老师的意思外，茫茫然不知该做什么。老师一次也不曾否认让我升入大学的许诺，但是，他也不督促我抓紧时间复习考试。不管怎样，我不知有多么迫切地盼望老师能说一句话。老师却故意保持沉默，对我进行长时间的考问。我也不知道是出于害怕还是反抗，也没有勇气就升学之事，再次确认老师的态度。以前我一直和其他人一样，既抱着敬意，也以挑剔的目光看待的老师，渐渐变成一只庞大的怪物，不再是原来那个具有同情心的人了。他就像一座诡谲的城堡盘踞在那里，把视线移开多少次也没有用。

晚秋之时，老师受邀去为一个老施主的葬礼做法事，要坐两个多小时的火车才能到那里，所以老师头天晚上就告知大伙儿，他早晨五点半出发。副司陪同他前往。我们也为了老师能按时出门，必须四点起床，进行清扫和准备早餐。

在副司照料老师起床的这段时间，我们一起床就诵读了经文。

从昏暗阴冷的厨房那边响起了吊桶吱吱呀呀打水的声音。寺里的人都在忙着洗漱。晚秋黎明前的冷清空气，被后院的鸡鸣划破了。我们缩着肩膀，笼着衣袖，匆匆走向客殿的佛坛前。

不曾睡人的宽大榻榻米，在黎明前的冷空气中，踩上去冰凉冰凉的。烛台上的火苗摇曳着。我们行了三拜之礼。即站着叩头后，再和着钲声一齐跪坐叩头，如此重复三次。

每当早课诵经时，我总是从集体诵经的男人嗓音中，感受到生命的鲜活。一天之中，早课的诵经声最为嘹亮，那高亢的声音，仿佛从声带里喷射出黑色水沫，将一夜的妄念吹散一般。我不知道自己的声音怎样。虽然不知道，一想到我的声音，也在把同为男人的污秽挥洒出去，便赋予了我神奇的勇气。

还没等我们吃完早餐，就到老师出发的时间了。众僧要在正门前列队目送老师，这是寺里的规矩。

天还没有亮。繁星满天。通到山门前的石板路，在星光下白乎乎地向前延伸，上面落满了高大麻栎树、梅树和松树的影子，影子相互融合着，覆盖了地面。黎明前的冷空气，从净是破洞的毛衣胳膊肘钻了进来。

一切都是在悄无声息中进行的。我们无声地低头行礼，老师并没有低头回应。只听见老师和副司的木屐在石板上发出的咯噔咯噔声越来越远了。我们要一直目送到完全看不见他们的背影，这是禅家之礼。

我们看见的并不是他们远去的全部背影，只是僧衣的白色下摆和白色布袜子。有时我以为已经完全看不见了，其实是被树影遮挡了。从远处会再次出现白色下摆和白色布袜子，木屐声的回音也仿佛更响了。

我们一动不动地目送着他们渐渐远去的背影。直到他们二人走出山门，完全看不见为止，作为目送者，觉得这段时间格外漫长。

此时，我内心酝酿着一股异样的冲动。就和想说出重要的话，却被口吃阻碍时一样，这股冲动在我的喉咙里燃烧着。我渴望从束缚中解脱出来。母亲曾经暗示过，要我继承住持衣钵，现在我连升大学的希望都没有了，何谈母亲的希望。我想从无声支配我的、压迫我的东西中逃脱出来。

不能因此就说我此时缺少勇气。坦白的勇气，我当然知道！二十年来一直默默地生活过来的我，当然懂得坦白的价值。人们会说我把坦白看得太重了吗？我为对抗老师的沉默，一直坚持不坦白，只是为了尝试“作恶是可能的吗”而已。因为如果我一直到最后都不忏悔，那么即便是一点小恶，也可以构成作恶了。

当我远望老师的白衣下摆和白布袜在树林阴影里时隐时

现，在拂晓前的黑暗中渐渐远去的时候，在我的喉咙里燃烧着的能量，变成了无法遏制的力量。我想把一切都坦白出来。我想追上老师，拽住他的衣袖，一五一十地大声说出那个雪天发生了什么。我绝不是出于对老师的尊敬才想这样做的。对我来说，老师的力量酷似一种强有力的物理性的力。

……但是，如果我坦白了，我人生中最初的小恶就瓦解了，这个念头阻止了我，有什么东西在用力拽着我的后背。此时，老师的身影已出了山门，消失在蒙蒙发白的天空下。

众人一下子获得了解放，说笑着跑进了正门。我还呆站着，鹤川拍了拍我的肩膀。我的肩膀苏醒了。这瘦弱而丑陋的肩膀找回了自豪感。

*

……尽管有这么一段插曲，最终我还是进了大谷大学，这一点前面已经说过了。不需要我做什么忏悔。几天后，老师把我和鹤川叫去，简明扼要地交代该开始复习考试了，为了照顾我们备考，我们可免去做杂务，等等。

就这样我升入了大学。但是，不等于就此万事大吉了。老师这种态度，仍然没有说明任何问题，而且关于继承人的问题，他到底怎么打算，也摸不到一点头绪。

大谷大学是我人生中第一次与思想，而且是自己选择的思想，亲密接触的地方，是我的人生转折之所。

这所大学创建于三百年前，即宽文五年（1665）时，将筑紫观音寺的大学寮，迁到京都的枳壳邸[1]内，成为这所大学的前身。从那以来，这里就成了大谷派本愿寺弟子的修道院，但是到了本愿寺第十五世常如宗主时，浪华的门徒高木宗贤向寺庙捐献了净财，占卜选定了此地——洛北乌丸头，兴建了该校舍。占地面积一万二千七百坪[2]，作为大学并不算太大，但不仅是大谷派，各宗各派的青年也都来此地研修佛教哲学基础知识了。

古老的砖瓦大门将电车道和大学体育场隔开，面对着连绵起伏至西方天际的比叡山峦。一进大门，只见一条碎石路直通主楼门前的花坛。主楼是一座古香古色的二层红砖小楼。玄关的顶上耸立着青铜望楼，说它是钟楼却看不见钟，说它是钟表台又没有钟表。因此这座望楼，在纤细的避雷针下面，用它那空空的方窗，切割了一块蔚蓝色天空。

在玄关旁边，有一株古老的菩提树，它那威严的繁茂枝叶，在阳光映照下呈现出赤铜色。校舍从主楼开始不断地扩建，毫无秩序地连接在一起，但大多是老旧的木质结构的平房。由于这所学校禁止穿鞋进入室内，每栋房子之间是由

1　枳壳邸，位于京都市下京区的东本愿寺的别墅，以庭园之美著称。
2　坪，日本土地面积单位，1 坪约等于 3.3 平方米。

无穷无尽的回廊连接起来的，地上铺着开了绽的席子。席子通常只是修修补补。结果，从这栋房走到那栋房，脚下的地板变化不已，从最新鲜木色到最老旧木色，浓淡不同，颜色各异。

我像其他学校的新生那样，尽管每天都是怀着新鲜感去上学，内心却不平静，东想西想的。我只认识鹤川一个人，只能和鹤川一个人说话。连鹤川似乎也感到这样下去，我们来到这个新世界就没有意义了。过了几天后，课间休息时，我们特意分开，分别去结交新朋友。然而，我因为结巴，连这种勇气也没有，所以随着鹤川的朋友增多，我则越来越孤独了。

大学预科一年时，要修十门课程：修身、国语、汉文、中国语、英语、历史、佛典、逻辑、数学、体操。逻辑课从一开始就让我头疼。有一天，上完逻辑课，到了午休时，我想试着去请教一名同学两三个问题，我早就有心跟这名同学交往了。

这名同学总是一个人在后院的花坛旁吃盒饭。他这种习惯就像是一种仪式，其不雅的吃相也相当叫人生厌，所以谁也不接近他。他好像也不跟同学聊天，拒绝交朋友。

我知道他姓柏木。柏木最明显的特征，就是两条腿有严重的内翻足，走路很费劲。就好像走在泥泞之中，一只脚好容易从泥泞中拔出来，另一只脚又深深地陷进泥泞中似的。走路时，他全身都跟着一起一伏，步行本身即一种夸张的舞蹈，完全有别于正常人。

从一入学，我就注意到柏木，不是无缘无故的。他的残疾使我放了心。他的内翻足从一开始就意味着，接纳我所具有的缺陷。

柏木正在后院的一片三叶草地上吃盒饭。玻璃窗已碎掉的废弃的空手道部和乒乓球部正对着这个后院。后院里种着五六棵瘦弱的青松，还有一个空荡荡的小花架。小花架涂抹的青色油漆已经剥落、起皮，犹如干枯的假花那样起卷了。它旁边还有个两三层的盆景架、一堆瓦砾，以及种着风信子和樱草花的花圃。

三叶草地很适合席地而坐。阳光被三叶草的柔软叶子吸收了，还有婆娑的影子洒下来，这一带仿佛轻轻漂浮于地面似的。坐着的柏木和他走路时不同，是个很正常的学生。不仅如此，他苍白的脸上有着一种阴险的美。肉体上的残疾者同美貌女子一样，具有无法抗拒的美。无论残疾者，还是美貌女子，都疲于被人观看，对自己被人观看感到厌倦，被逼得无路可走，便以存在物之身反过来观看他人。因为观看者即胜利者。正在吃盒饭的柏木虽然低着头，但我能够感觉到，他的眼睛已经看遍了自己周围的一切。

他在阳光下是自足的。这个印象打动了我。在春光和花丛中的他，没有我所感受到的羞耻和心虚，这一点从他的姿态就看得出。他是自我主张的影子，或者应该说，是存在着的影子本身。阳光当然渗透不进他坚硬的皮肤里。

他在专心致志地吃着难吃的盒饭，他的盒饭很粗劣，但绝不比我早餐时自备的盒饭更差。昭和二十二年，还处于不靠去黑市买食物就摄取不到营养的时代。

我拿着笔记本和盒饭站在了他的身旁。由于我的影子挡住了柏木盒饭上的阳光，他抬起头来，瞧了我一眼，又垂下眼帘，继续像蚕儿啃桑叶一般单调地咀嚼起来。

“对不起，刚才听课时，有些地方不明白，想请教你一下。”我用标准语断断续续地说。我觉得，上大学以后，就要用标准语说话。

“听不懂你在说什么，结结巴巴的。”柏木突然冒出一句。

我脸红了。他舔着筷子头，一口气说了好多话：

“你为什么来找我，我全都明白。你姓沟口吧。咱俩都有残疾，你想跟我交个朋友也可以，不过，跟我比起来，你把自己的口吃看得很严重吧？你太看重自己了，所以像对自己一样，也过分看重自己的口吃吧。”

后来得知他也是临济宗的禅家子弟时，我才意识到在初次这番对话中，多少表现了他的禅僧习性。即便如此，我也不能否认当时他给我留下的深刻印象。

“结巴！结巴！”见我接不上话来，柏木开心地说，“你觉得终于找到一个可以放心说话的对象了，对不对？人们都是这样寻找伙伴的。这个先不说了，你还是童男吗？”

我没有笑，点了点头。柏木提问的口气像个医生，让我觉得不撒谎是为了自己好。

“我猜也是。你还是个童男，却是个一点也不美的童男。你不讨女人喜欢，也不敢去嫖妓。就是这么回事。但是，你如果是想交个童贞朋友，来找我的话，那可就错了。我是怎么摆脱童贞的，你想听听吗？”

柏水不等我回答，就滔滔不绝地说了起来。

…………

我是三宫市近郊的禅寺住持的儿子，天生的内翻足……我这样开始自我介绍，你会以为我是个逢人便倾诉自己过去的可怜的病人，其实我可不是对谁都说这些事的。不怕你见笑，我早就把你选作倾诉心里话的人了。因为我觉得自己所经历的事，对你是最有价值的，如果你照着我经历过的学学样，对你来说，恐怕是最好走的一条路。信教者就是这样嗅出信徒，戒酒者就是这样嗅出同道的，这就不用我说了吧。

诚然，我为自己的残疾感到羞耻。我觉得与这不利条件和解，融洽地生活是一种失败。要说怨恨，那就太多了。按理说，我父母应该在我幼小时，给我做矫正手术的。可现在已经晚了。不过我对双亲没什么亲情，懒得去埋怨他们了。

我确信自己绝不会被女人爱上。这是比人们所想象的更加安乐、更加平和的确信，正如你所知道的那样。不与自己的身体条件和解的决心，和确信不会被女人爱不一定是矛盾的。为什么呢？因为假如我相信，以我这样的身体能够得到女人的爱，那么至少在这一点上，就与自己的身体条件和解了。我知道正确判断现实的勇气，和跟这种判断做斗争的勇气，是很容易互相习惯的。所以我才会想到，即便无所作为，也是在战斗。

这样的我，不会像朋友们那样，担心被妓女破了童贞，这是理所当然的。因为卖笑女并非为爱而接客。不管对方是老人，还是乞丐、独眼，或是美男子，她们来者不拒，不知道的话，连麻风病人也会接待的。一般人对这种平等性也许会放心，会买个女人，失去童贞吧。可对我来说，很不喜欢这种平等性。四肢健全的男子和我这样的男人，以同样的资格受到接待，是我无法忍受的。对我来说，这就等于是可怕的自渎。我这内翻足条件，假如被忽视被无视，我这个人也就不存在了。就是说，你现在所感到的恐惧，我也曾经被其所缚。为了我的条件被完全认可，我当然需要比普通人奢侈数倍地谋划。我觉得人生必须这般花费心思才行。

将我们和世界置于对立状态的可怕的不满，本应在世界或我们之间任何一方发生变化时得到治愈，可是，我憎恨期望变化的梦想，变成了极端讨厌梦想的人。然而“世界变化，我就不存在；我变化，世界就不存在”。这种绝对化的逻辑，反而与某种和解、某种融合相似。因为残疾的我，不会被人爱，这种想法和这个世界是能够共存的。而且，残疾人最后落入的陷阱，并不是消除对立状态，而是对立状态得到完全认可的形式造成的。如此，残疾才是不可救药的……

这时，在我的青春期(我非常坦率地使用这种语言)，发生了一桩让人难以置信的事。某位施主的千金小姐，美貌远近闻名，毕业于神户女校。因偶然的机缘，她向我表白了对我的爱。我一时间无法相信自己的耳朵。

拜腿的不幸所赐，我一直擅长洞察人的心理，所以我没有头脑简单地将她爱我的动机归因于同情，因此而偏执地予以拒绝。我非常清楚，她绝不只是出于同情才爱我的。据我推测，她爱我的原因在于极强的自尊心。正因为她很美，深深懂得美对于女人的价值，所以无法接受自信满满的求爱者。她不能拿自己的自尊与求爱者的自负进行权衡。越是所谓良缘，越让她厌恶。最终她出于洁癖，拒绝了爱情中的各种均衡(在这一点上她是诚实的)，看中了我。

我的回答早就想好了。也许你会笑我，对那个女子，我给出的回答是："我不爱你。"除此以外还能怎么回答呢？这个回答是诚实的，没有丝毫炫耀之意。如果面对女子爱的表白，我觉得奇货可居，便回答"我也爱你"，那就滑稽过头、接近悲剧了。有着滑稽外形的男人，知道如何明智地避免给人留下悲惨的印象。因为他很明白，如果给别人留下悲惨的印象，别人以后就不会放心地跟自己交往了。不让别人觉得自己很凄惨，对于安抚别人的灵魂是头等重要的。因此，我才能爽快地说出“我不爱你！”。

那女子并没有退缩。她说我的回答不是真心话。后来，她为了不伤害我的自尊心，小心翼翼地试图说服我，这一点着实叫我钦佩。对她来说，身为男人居然不爱她，是不可想象的。纵然有这种男人，他也不是出于真心这么说的。于是，她对我进行了精细的分析之后，终于得出结论：实际上我很早以前就爱上了她。她确实很聪明。假设她真的爱我，那么她就是爱上了一个无计可施的对象。因为她估计到，把长得不美的我说成是美的，我会生气；把我的内翻足说成是美的，我会更生气；说爱我的内在美，而不是我的外表，我会愈加生气。因此，她只是不停地说她“爱着”我，而且她通过分析，也从我的心里找出了与之对应的感情。

我对于这种不合情理，碍难接受。说实话，我的欲望越来越强烈了，但这欲望似乎并不是渴望与她结合。假如她不爱别人，只爱我这个人，那就必须具有将我与别人区别开的独特东西。那正是我的内翻足。因此她虽然没有说出来，但她爱的就是我的内翻足，这种爱，在我的思维逻辑里是不可能成立的。如果我的独特性是内翻足以外的什么，爱或许还有可能。然而，倘若我承认内翻足以外的我的独特性，承认我的存在理由的话，就等于我补充性地承认了这种东西，接下来就等于相互补充地承认了他人的存在理由，也就等于承认了被包围在世界之中的自己。爱是不可能的。她以为自己爱着我，那是一种错觉，而且我也不可能爱她的。因此，我反复地说“我不爱你”。

不可思议的是，我越是说“我不爱你”，她就越深地沦陷于爱我的错觉之中。直到一天晚上，她终于投入了我的怀抱。她的身体美得令人眩晕。遗憾的是，我没能完成性爱。

这样的惨败倒使难题迎刃而解了。她似乎终于得以证实我“不爱”她。她离我而去了。

我虽然感到羞耻，但比起内翻足的羞耻感来，任何羞耻都不值一提了。使我感到狼狈的是另外一件事。我知道自己不能勃起的原因。到了那个关头，一想到自己的内翻足要和她的美腿接触时，就立刻萎靡不振了。这一发现使我确信，绝不会被人爱的安宁从内部被击溃了。

之所以这么说，是因为那时候，我产生了一种不正经的喜悦，企图通过欲望或通过欲望的实现来证实爱之不可能，谁知道肉体背叛了它，我本想靠精神去做的事，肉体越俎代庖了。我遇到了难题。用庸俗的语言形容的话，就是我抱着不会被人爱的确信梦想着爱，却在最后阶段，将欲望作为爱的替代品而求得安心了。我终于明白了，欲望本身要求我忘却我的存在条件，要求我放弃我的爱的唯一关隘——不会被人爱的确信。由于我一直相信欲望这种东西是更为明晰的东西，所以根本就没想过它有梦见自己的必要。

从这时候起，我忽然关心起了肉体，超过关心精神。但是，自己不能化身为纯粹的欲望，只是在想象它。自己仿佛变成一阵风，变成对方看不见的存在，从自己这边却能遍观一切，轻松地靠近对象，抚爱对象全身，最后悄然进入其内部……当你说到“肉体的自我意识”时，你可能会想象关于某种有质量的、不透明的、真实的“物体”的意识吧。我却不是这样。我是作为一个肉体、一个欲望完成的，这就意味着我变成了透明的东西、看不见的东西，也就是变成了风。

但是，内翻足会立刻跑来阻止我。这两条腿绝不会变成透明的。与其说它是腿，不如说是一种顽固的精神。它作为比肉体更真实的“物体”在那里存在着。

人们都认为不借助镜子就看不见自己，但是残疾这种东西，不啻挂在鼻子上的一面镜子。这面镜子日日夜夜都在映出我的全身。忘却是不可能的！因此在我看来，人们所说的感觉不安之类的事情，简直就像是儿戏。因为不安是不存在的。我这样存在着，这和太阳、地球、美丽的鸟儿、丑陋的鳄鱼的存在是同样真实的。世界犹如墓碑般牢固。

毫无不安，毫无依靠，我独创的生活方式从这里开始了。我到底为什么活着？这种问题使人感到不安，甚至想自杀。对我来说很简单。因为内翻足是我生存的条件、理由、目的和理想……也就是生存本身。仅仅是存在着，对我而言就足够了。原本所谓存在的不安，不正是产生于觉得自己没有充分地存在这种奢求吗？

我在村子里，盯上了一个独居的老寡妇。有人说她六十岁，也有人说她六十多岁。她亡父的忌日那天，我代替父亲去诵经，没有一个亲戚，灵位前只有老寡妇和我。诵经之后，她在别的房间请我喝茶，正是夏季，我提出想在她家冲个澡。老妇为赤条条的我冲洗了后背。见老妇很心疼地盯着我的腿看，我便冒出了邪念。

回到喝茶的房间后，我一边擦着身体，一边一本正经地说起来。我出生时，佛托梦给母亲，告诉她这孩子成人之后，能够诚心礼拜此子之脚的女人，必将往生极乐净土。虔诚的寡妇手捻着念珠，一直注视着我的眼睛倾听着。我胡乱念着经，将挂着念珠的手合于胸前，像具死尸似的光着身子躺下来。我闭着眼睛，嘴里仍然念念有词。

诸位可以想象，我是怎样拼命憋着不笑出来的。我在心里乐开了花。哪怕是一丁点，我也没有幻想我自己。我知道，老寡妇正一边念经一边不停地膜拜我的脚。一想到自己被她膜拜的脚，只觉得要被这滑稽一幕窒息了。内翻足，内翻足，我一心想着这个词，脑子里只看着自己的腿。看它那奇妙的形状。看它极其丑陋的样子。看着那出荒唐的闹剧。事实上，叩头不止的老寡妇的鬓发触到了我的脚心，发痒的感觉越发刺激我想发笑。

自从以前接触到那双美丽的腿时疲软不起，我就觉得自己对欲望一直抱有误解。因为这时候，正当这种丑恶的膜拜之际，我发觉自己居然兴奋起来了。在全然没有幻想自己的情况下！在这种最不可饶恕的状态下！

我站起身来，一把将老寡妇推倒在地。老寡妇没有露出丝毫的惊愕，我也没来得及多想。老寡妇被我推倒后，躺在地上仍旧闭着眼睛继续念经。

匪夷所思的是，我清楚地记得，当时老寡妇念的经，正是《大悲心陀罗尼》中的一节。

“伊醯伊醯。室那室那。阿罗嗲。佛罗舍利。罚沙罚沙。佛罗舍耶。”

正如你所知道的，根据“注解”，这段经文的意思如下：

“求佛召请。求佛召请。灭除贪嗔痴三毒的无垢清净之本体。”

躺在我眼前的，是一个闭着眼睛接纳我的六十多岁的老女人，没有化妆，脸被太阳晒得黧黑。我的兴奋感一点也没有减弱。于是乎，闹剧进入了高潮，我不知不觉地接受了诱惑……

但是，似乎不可使用“不知不觉”这类文学字眼吧。我目睹了所有的一切。地狱的特色，在每个角落都清晰可见，而且是在黑暗之中！

老寡妇那张布满褶皱的脸既不美也不神圣。但是，她的丑陋和衰老，仿佛对我什么也不梦想的内心状态，不间断地给予确凿证据似的。谁能够保证，无论面对怎样的美女，不抱丝毫幻想看她时，她不会变成这个老寡妇的脸呢？我的内翻足和这张脸……对了，关键的问题是，看到实相这件事支撑着我兴奋的肉体。我第一次以融洽的感情相信了自己的欲望。而且，我懂得了问题不在于如何缩小我和对象之间的距离，而在于为了使对象成为像样的对象，如何与其保持距离。

请看事实吧。当时我从“停止在那里同时也到达了那里”的残疾者逻辑，以及绝对不会招致不安的逻辑，发明了我的情欲逻辑。发明了与人们称作“沉沦”的相似的虚构。这种靠着类似隐身衣或风的欲望的结合，对我来说只能是一个梦，我在观看的同时，还必须被对方仔仔细细地观看。我的内翻足和女人，这时都被抛到了九霄云外。无论内翻足还是女人，都和我保持着同样的距离。实相在彼岸，欲望不过是假象。于是，观看的我，一边朝着假象无止境地堕落下去，一边对着被我观看的实相射精。我的内翻足和我的女人，彼此绝不接触，绝不结合，双方都被抛弃在世界之外……欲望无休止地奋进。因为那美丽的双腿与我的内翻足已经永远不会再接触了。

我的想法是不是很难理解呢？是否需要做些说明呢？但

是，从那以后，我安下心来，相信“爱是不可能的”了。对此你也能理解吧。就是说，没有不安，也没有爱。世界永久地停止了，同时也到达了目的地。有必要给这个世界特别加注“我们的世界”吗？我可以用一句话给人们对于“爱”的迷惘下个定义。那就是“假象与实相试图结合一体的迷惘”……我终于知道了，绝不会被人爱的我这种确信，就是人存在的根本状态。这就是我失去童贞的经过。

…………

柏木讲完了。

我这个听者终于松了口气。我感受到强烈的震撼，因接触到迄今为止从未想到过的思想而感到痛苦，迟迟不能从中缓过来。柏木说完后，过了片刻，我身边被春天明媚的阳光照亮了，亮晶晶的三叶草闪烁起来。从后面的篮球场传来的叫嚷声也复苏了。然而，所有这一切，尽管在同一个春天的中午，却感觉以完全不同的含意展现出来。

我不能沉默下去了。我想跟他说点什么，就结结巴巴地说了些没头没脑的话。

“这么说，从那以后你就变得孤独了？”

柏木又故意装作听不清楚的样子，让我把这句话重复了一遍。不过，他的回答已有了几分亲切。

“你觉得孤独？何必要孤独呢？关于我后来是怎么过的，以后你就慢慢明白了。”

下午上课的铃声响了。我想站起来。柏木坐着不动，执拗地拽着我的衣袖不放。我的制服是在临济禅学院时的衣服改的，只换了纽扣，布料破旧，再加上有点小，紧紧地裹在身上，本来就单薄的身体显得更瘦小了。

“下节是汉文课，多没意思啊。咱们去那边走走吧。”

柏木说完，费了好大劲儿才站起来，就好像把身体先拆散，再组装起来似的。这使我不禁联想起电影里的骆驼站起来时的样子。

我从来没有旷过课，但是对于柏木的好奇心，使我舍不得错过这个机会。我们朝着学校的大门走去。

走出大门时，柏木走路的独特形态，忽然引起了我的注意，让我萌生了近乎羞耻的感觉。自己竟然站在普通人的角度，觉得跟柏木走在一起很难为情，真是奇怪。

柏木清楚地将我的羞耻所在告诉了我，并督促我面对人生……我所有的羞耻感情，所有的扭曲心理，都被他的话陶冶了，变成了一种新鲜的东西。也许是这个缘故，当我们踩着石子路，走出了红砖大门时，远方绵延的比叡山，仿佛今天第一次看到似的，沐浴着春辉，一片灿然。

我觉得比叡山也和沉睡在我周边的许多事物一样，被赋予了新的意义。比叡山峰顶虽突兀，其山麓却伸展开去，恰似一个主题的余韵久久回响。在低矮屋顶延展的远方，只有比叡山的山襞荫翳处格外鲜明，是由于山腰上浓淡有致的盎然春色，被埋没在一片阴暗凝滞的蓝色中的缘故。

大谷大学门前行人稀少，车也很少，京都站前开往乌丸车库前的市营电车轨道上，只是偶尔传来电车咣当咣当的驶过声。马路对面的大学生体育场的旧门柱，与这边的校门相对，左边延伸着绿荫荫的银杏街树。

“咱们去体育场那边走走吧?”柏木说。

柏木说道，率先穿过了电车轨道。他剧烈扭动着整个身体，就像水车那样奔过几乎无车通过的马路。

体育场很大，有几组不知是逃课还是停课的学生在远处练习棒球投掷，靠这边有五六个学生在练习马拉松。战争结束刚刚两年，青年们又开始消耗自己的精力了。我想起了寺里的粗茶淡饭。

我们坐在一根老朽的荡木上，无所用心地望着那群沿着椭圆形跑道，一圈圈练习跑马拉松的人。逃课的时间，就像穿上刚做好的新衬衫一般，可以从四周的阳光和吹拂的微风中感受到。那群赛跑者，又气喘吁吁地跑过来了，由于越跑越疲劳，凌乱的脚步声伴着扬起的尘埃渐渐跑远了。

“真是一帮傻瓜!”柏木让人丝毫听不出其不服之意地说道，“把自己累成那样，到底有什么用?表明那些家伙很健康吗?这样炫耀健康又有什么价值呢?

“体育运动在哪里都是公开的，对吧。这正是世纪末的象征。应该公开的东西却完全不公开。所谓应该公开的东西……也就是死刑。为什么不公开死刑呢?”柏木像在做梦似的继续说下去,“你不觉得战争期间的安宁秩序,是通过公开人们死于非命而保持下来的吗?之所以不能公开执行死刑,据说是考虑到会使人产生杀伐之心。真叫人无语。收拾因空袭而死的尸体的人们,可都是满脸的温柔快活噢。

“其实,目睹人的苦闷、鲜血和临终前的痛苦呻吟,会使人变得谦虚,使人心变得纤细、明朗、温和。我们之所以变得残暴,变得杀伐,绝不是因为目睹死刑的缘故。我们会骤然变得残暴,其实是很平常的瞬间,比如在这样阳光明媚的春日午后,坐在精心修剪过的草坪上,茫然望着叶影摇曳的时候,你觉得呢?

“世界上所有的噩梦,历史上所有的噩梦都是这样产生的。但在光天化日之下,浑身是血、痛苦死去的人,会给噩梦勾勒出清晰的轮廓,使噩梦物质化。噩梦并不是我们的苦恼,那不过是他人肉体的剧烈痛苦。然而,他人的痛苦,我们是感受不到的。这是怎样的救赎啊!”

可是现在,比起他这套充满血腥味儿的论断来(当然这论断也有其魅力),我更想听他讲讲失去童贞后的经历。如上所述,我一心期待从他那里获得“人生”。我插了一句嘴,暗示了这个问题。

“关于女人吗?嗯,最近我能够凭着第六感,判断出什么样的女人会喜欢内翻足的男人。女人里面是有这种类型的。

喜欢内翻足的男人这种事，说不定是这种女人唯一的癖好、唯一的梦想，她一生都会深埋心底，把它带进坟墓去的。

“至于说到能够如何一眼就分辨出喜欢内翻足的女人嘛，这种女人大多是出众的美女，鼻梁凛然高挺，嘴角却有几分淫荡……”

这时，一个女子从对面走了过来。

第五章

却说那女子并不是走在体育场内，而是从体育场外边与住宅区之间的一条路上走过来的。这条路比体育场的地面要低二尺左右。

这女子是从一幢漂亮的西班牙风格的宅邸侧门走出来的。这幢宅邸里有两个烟囱，还有倾斜的方格玻璃窗、宽大的温室玻璃屋顶，给人特别易碎的印象。不过靠近一路之隔的体育场一侧，耸立着铁丝网，这无疑是因宅邸的主人抗议而架设的。

柏木和我坐在铁丝网最边上的荡木上。我偷偷瞧了女子一眼，不由得大吃一惊。因为她那张高贵的脸，与柏木对我说的“喜欢内翻足”女人的相貌如出一辙。过后我反省自己这么吃惊很愚蠢，说不定柏木多年前就知道这张脸，并一直憧憬着她。

我们耐心地等着这女子上钩。艳艳春光普照大地，前方是深蓝色的比叡山峰，不远处有个女子正渐渐向我们走来。我还沉浸在刚才柏木那番奇谈怪论对我造成的震撼之中。即：他的内翻足和他的女人就像是两颗星星，彼此不相触碰地散落在实相的世界里，他则一边无限地埋没于假象世界，一边实现自己的欲望。这时，云层遮挡了阳光，我和柏木被笼罩在了稀薄的荫翳之中，于是，我们的世界，仿佛突然披露了假象的身影。一切都变得灰蒙蒙的，难以捉摸，连我自身的存在也模糊不清了，只有远处比叡山青紫色山峰和款款走来的高贵女子，这二者在实相的世界里闪烁着，真实存在着似的。

那女子一步步走近了。但是，这段时间的推移，犹如渐渐增加的痛苦，女子越走越近了。与此同时，她那素昧平生的脸也随之变得清晰了。

柏木站了起来，对着我的耳朵，压低声音用力说道：

“往前走！照我说的做！”

我只得走起来。我们与女子平行地朝着同一个方向，沿着比女人走的路高了二尺的石墙根儿走着。

“从那儿往下跳！”

柏木用尖尖的手指推了下我的后背。我跨过低矮的石墙，跳到了小路上。二尺高根本不在话下。但是，紧跟着我跳下去的内翻足的柏木，却“咚”的一声，摔倒在我旁边。不用说，他一定是没跳好，重重摔在地上了。

穿着黑色校服的柏木，趴在我眼前剧烈喘息着。看他趴在地上的样子，根本看不出是一个人，有一瞬间，我竟然觉得他像个无意义的黑色大污渍，又像雨后道路上的一片浑浊水洼。

柏木恰好摔倒在走过来的女子跟前。女子吓得呆住了。当我终于跪起身子，想把柏木搀扶起来时，突然从她那冷漠的高鼻梁、有几分轻浮的嘴角、晶莹的眼眸，等等，从这一切表情中，看到了月光下的有为子的幻影。

但幻影马上消失了，只见这个还不到二十岁的女子，轻蔑地瞥了我一眼，打算径直走过去。

柏木比我更敏感地捕捉到了她的意图。他突然叫唤起来。这可怕的叫声，在大白天不见人影的豪宅区回响。

“真薄情！你打算一走了之吗？就因为你，我才摔得这么惨啊！”

女子回过头来，浑身颤抖着。她用干细的手指，揉搓着自己没有血色的脸颊，终于开口向我问道：

“要我做什么呢？”

已经扬起头来的柏木，直盯着女子，一字一顿地说：

“你家里连药都没有吗？”

她沉默了一会儿，转过身去，朝着来的方向往回走去。我把柏木搀扶起来。扶起来之前，他的身子特别沉重，好像很痛似的喘着粗气，可是扶着我的肩膀走起来后，他的身体忽然变得轻盈了……

……我一直跑到乌丸车库前的那一站，跳上了电车。当电车朝着金阁寺开动起来时，我才算喘了口气，手心里全是汗。

我搀扶着柏木，跟在那女子后头，刚走进那幢西班牙式洋房的侧门，就被恐怖感击中了。我把柏木扔在那里，头也不回地逃回来了。我奔跑在寂静无人的街道上，连顺路回学校的心情都没有。从药铺、点心铺、电器行等店铺前跑过去时，在我眼睛的余光里闪烁着紫色和红色，可能是从天理教弘德分教堂前面跑过去的缘故，因为教堂的黑墙上，挂着一溜绘有梅钵家徽[1]的灯笼，门上也围了一圈同样家徽的紫色帷幔。

这么心急火燎地要赶去哪里，我自己也不知道。电车快到紫野时，我才明白，原来是急切地想回到金阁啊！

虽说是平日，但正值观光旺季，那天的金阁真是游人如织。老向导惊讶地望着我穿过人群，飞快地跑到金阁前面。

我站在了弥蒙尘埃和丑陋人群包围中的春天的金阁前。在导游喧哗的回音中，金阁看上去总是犹抱琵琶半遮面，一

1　梅钵家徽，梅花家徽的一种，以五个圆点排列成花瓣状，中心加入一个圆形图案。

副美而不自知的样子。唯有池水上的投影澄明依旧。换个角度看，很像《圣众来迎图》[1]中，被众菩萨簇拥着来迎的阿弥陀佛，尘埃之云恰似环绕着众菩萨的金色祥云，金阁即便处于尘埃迷蒙中，其姿容也酷似颜料因古老而褪色或磨破的画面。这杂沓与喧嚣，渗入亭亭玉立的细柱之中，逐渐被吸进越来越高耸的小究竟顶及屋顶凤凰里去，直上云霄，也并不稀奇。建筑物仅仅坐落于此，便是在统辖、在规范一切。周围越是喧闹，金阁这座西临漱清池、承载着二层以上骤然攒尖的究竟顶的、不匀称的纤细建筑物，越会起到不断将浊水变为清水的过滤器般的作用。人们的说话声，没有被金阁拒绝，都渗进了四面通透、温文尔雅的柱子之间，随后被过滤为同一种静寂、同一种澄明。而金阁不知不觉间，在地面上也成就了与稳如泰山的池水投影同样的姿容。

我的心情松弛下来，恐怖感终于消退了。我心中可界定为美的东西，必须是这样的东西。它使我与人生隔绝，又保护我不受人生的侵害。

“倘若我的人生是柏木那样的，请多多护佑我吧。我恐怕是无法忍受的。”

我几乎是在祈祷。

1　《圣众来迎图》，平安时代（794—1185）中期出现的基于净土信仰的佛画。

柏木所暗示的，并在我面前表演的人生中，生存与毁灭只具有同样的意义。在他的人生中，不但缺乏自然性，也缺乏像金阁那样的结构美，可以说，除了某种痛苦的痉挛之外没有其他。而且我被它强烈吸引，从中找到了自己的方向，这也是事实，然而，必须首先用满是荆棘的生命碎片，把自己的手弄得血肉模糊，实在太可怕了。柏木对本能和理智，怀有同等程度的轻蔑。他整个人恰似形状怪异的皮球一样滚来滚去，想冲破现实的壁垒。其实像他这样活着，连一种行为都算不上。总之，他所暗示的人生，就是一出危险的闹剧，试图打破以未知的假象蒙骗我们的现实，重新清扫出一个丝毫不包含未知的世界。

我这么说，是因为后来在他的住处，看到了这样一张宣传画。

那是日本旅行协会印刷的一幅日本阿尔卑斯山[1]的美丽石版画，浮现在蓝天下的白色山顶上，印着“邀请你前往未知的世界!”一行字。柏木用刺眼的朱红笔，在这行字和山顶上打了个叉，并在旁边草草写了“所谓未知的人生，是不堪忍受的”几个字，那恣意翻飞的字体，让人联想到他那内翻足走路的姿势。

次日，我一路上惦记着柏木的身体，去了学校。回想上

1　日本阿尔卑斯山，指日本中部地方的山脉。

次扔下他，自己逃回来这件事，自诩是看重友情之举，并不觉得多么愧疚，不过也有些担心今天在教室里见不到他。没想到快上课的时候，柏木像往常一样，不自然地耸着肩膀走进了教室。

刚下课，我就一把抓住了柏木的胳膊。像这么有活力的动作，在我可是破天荒了。他咧着嘴角笑了，随我来到走廊上。

“你的伤不要紧吧？”

“什么伤啊？”柏木怜悯似的看着我笑，“我什么时候受伤了？嗯？你难道梦见我受伤了？”

我接不上话来。柏木逗弄了我一通，才给我交了底：

“那是我装出来的呀。为了摔得巧妙逼真，就像真的摔折了腿似的，那个动作，我可是练过好多回呢。不过那女的装没看见，想那么走过去，倒是我事先没想到的。你等着瞧好了，那女的已经迷上我了。不对，应该说她已经迷上我这内翻足了。那女的还亲手给我的腿上涂了碘酒呢。”

说着他把裤腿往上一撸，给我看了涂了一层浅黄色的小腿。

当时，我虽然觉得看到了他的骗术，但又一想，他故意摔倒在路上，当然是为了引起女子的注意，可是假装摔伤，不正是想掩饰他的内翻足吗？然而，这个疑问非但不会造成对他的轻蔑，反而成了增进我们之间亲密感的因素。而且我发现，自己只具有一般青年人的感受能力，而他的哲学越是充满骗术，越能证明他对人生的诚实。

鹤川并不看好我和柏木的交往。他对我充满友情的忠告，只令我感到厌烦。我甚至反驳他说："你鹤川当然能够找到好朋友，可对我来说，只有柏木能合得来。"当时，鹤川眼里露出难以描述的悲戚神色，直到很久以后，回忆此事时，我简直悔恨不已。

*

到了五月，柏木怕假日人多，提出了一个旷课去游岚山的计划。他说，要是晴天就不去，阴天就去，这就是柏木的个性。他约了那位住西班牙洋房的小姐做伴，并说好特意为我，把他的房东女儿带来。

我们约在被叫作"岚电"的京福电车的北野站会合。那天很幸运地赶上一个五月份罕见的大阴天。

鹤川家里出了些麻烦事，所以请了一周的假，回东京去了。虽说他绝不是个爱打小报告的人，但是，每天早晨我都和他一起上学，他不在的话，我就不用为自己上学途中突然消失编瞎话了。

对我来说，这次游山的回忆是苦涩的。我们游山的这一行人虽然都很年轻，可年轻人特有的阴郁、焦躁、不安和虚无感，似乎给那天的游山涂上了一层色彩。柏木自然是早已预想到这一切，才选择了那样的阴郁天气。

那天刮着西南风，风势忽猛忽停的，不安的微风沙沙作响。天空虽然阴暗，还不至于看不到一点太阳。云朵之中偶有白光闪耀，就像从多层领口隐约露出的雪白胸脯，明明知道太阳躲藏在那白光迷蒙后面，可它忽而又融化在了阴沉沉天空的一片深灰色中。

柏木说到做到。他果然由两个年轻女子陪伴着，在检票口现身了。

其中一人正是那个女子。她是个美丽的女子，鼻梁挺拔冷漠、小嘴显得轻浮，身穿舶来布料的洋服，肩头挎着水壶。在她面前，那个微胖的房东女儿，无论是穿着打扮还是容貌，都没法和她比，只有那尖尖的下巴颏和饱满的嘴唇还像个女孩子。

打一坐上开往岚山的电车，快活的游山气氛就已经被破坏了。因为柏木和那个小姐一直在争吵，听不清楚在争吵什么，只见小姐强忍眼泪似的紧咬着嘴唇。房东姑娘倒是漠不关心，低声哼着流行歌曲。突然她对我说起这么件事：

“在我家附近，住着一位特别漂亮的插花师傅，前些天，她给我讲了一个悲伤的爱情故事。在战争期间，这位师傅爱上了一个男人，是个陆军军官，在他即将奔赴战场时，他们利用短暂的时间，在南禅寺做了告别。这对爱侣虽未得到父母的认可，却在分别前不久有了孩子，只可怜胎儿生下来就死了。军官非常悲伤，最后提出：作为临别留念，至少让我喝一口你作为母亲的乳汁吧。由于时间紧迫，她说自己当场把乳汁挤在淡茶里，给男人喝了。一个月后，她的男人战死了。从那以来，师傅一直坚守贞操，过着独身生活。虽说她还很年轻，长得也很美……”

我怀疑起了自己的耳朵。战争末期，我和鹤川从南禅寺的山门上看见的难以置信的情景，又浮现在脑海里。我没有告诉她这件事，因为我觉得如果告诉她，刚才听她这番话时受到的感动，就会背叛自己当时产生的那种神秘的感动。由于没有告诉她，刚才她的这番话，不仅不会解开那神秘的谜团，反而使神秘的结构变成双重，进一步加深了神秘的色彩。

这时，电车从鸣泷附近的大竹林旁驶了过去。竹子正值五月凋零的季节，已经开始枯黄了。摇曳在竹梢的微风，将枯叶吹落在密集的竹丛中，粗大的竹根仿佛毫不相干似的，盘根错节地延伸下去，悄无声息。只有靠近铁路的竹子，每当电车疾驰而过的时候，便夸张地摇弯了腰。其中一棵新竹格外醒目，青翠欲滴。这棵青竹剧烈摇曳时的婀娜妙姿，以娇艳而奇特的动感，刻印在我的眼里，渐渐远去，看不见了……

我们一行到达岚山后，特来渡月桥畔，拜祭了因无知而一直忽略的小督局[1]的墓。小督局因畏惧平清盛[2]而藏身于嵯峨野，源仲国奉敕命前去寻找。在中秋明月之夜，他循着隐约传来的琴声，找到了小督局的隐居之所。这首琴曲名为《思夫恋》。在谣曲《小督》[3]里，有这么一段唱词：

一轮明月挂中空，
转法轮时闻琴音，
山风乎，松涛乎？
抑或出自所寻人？
喜闻一曲“思夫恋”，
哀哀戚戚传忧思。

1　小督局(1157—？)，平安时代末期(794—1185)中纳言藤原盛范之女，因受高仓天皇迷恋，而得罪天皇岳父平清盛。平清盛势大，小督局只好逃往嵯峨野，源仲国奉勅命前往寻找，循着琴声找到她，将她迎回宫中，最终被清盛抓捕，后被逼于清闲寺剃度出家。高仓天皇忧愤而死，埋骨于清闲寺，小督局在此为高仓天皇祈祷冥福，死后随其遗愿与高仓天皇合葬于此。

2　平清盛(1118—1181)，平安时代末期伊势平氏的头领。保元、平治之乱时，打败了源氏的势力而兴盛。官至从一位太政大臣。女儿德子成为高仓天皇的皇后，成为不可一世的皇室外戚。

3　谣曲《小督》，金春禅竹创作，演唱的内容是，仲国在中秋之夜，赴嵯峨野探访小督，向她传达了高仓院的圣旨。

后来，小督局依然留在嵯峨野的庵中，为高仓天皇祈祷冥福，度过了她的后半生。

她的墓位于小径的深处，不过是个小石塔，夹在一棵巨大枫树和一棵枯朽的老梅树之间。我和柏木很恭敬地念了短经。柏木那正儿八经却又冒渎式的诵经法也传染了我，我以一般学生哼歌般的心情诵了经。这小小的亵渎，极大地解放了我的感觉，使我充满了活力。

“传说中的优雅坟墓，原是如此寒酸啊！”柏木说，“拥有的政治权力和财富的人，留下漂亮的墓、气派的墓。由于这些家伙生前完全没有想象力，所以他们的墓，自然也是由没有一点想象力的笨蛋建造的。然而优雅的人，只依靠自己和他人的想象力活着，因此他们留下的墓，也是这样必须发挥想象力的墓。我觉得这一类墓地是很凄凉的，因为死后还不得不继续乞讨人们的想象力啊。”

“优雅只存在于想象力之中吗？”我也愉快地插了句话，“你所说的实相，优雅的实相究竟是什么呢？”

“就是这个呀。”柏木用巴掌拍了拍青苔覆盖的石塔顶，“石头或是白骨——人死后留下的无机的部分。”

“你可真爱谈论佛教啊。”

“哪里有什么佛教啊。优雅、文化、人们所想象的美好的东西，这所有一切的实相，其实都是不毛的无机之物。并不是什么龙安寺，无非是石头而已。哲学，是石头；艺术，也是石头。要说到人对有机物的关心，不是很可悲吗？说到底，只是政治而已。人都是自我亵渎的生物嘛。”

“性欲属于哪种呢？”

“性欲吗？差不多介于中间吧。也就是人和石头，兜兜转转地玩捉迷藏吧。”

我本想当即反驳一下他这套关于美的论调，可是对我俩争论不休感到厌倦的两位女子，已经从小径往回走了，我们只好追上了她们。从小径遥望保津川，正好面对渡月桥北面的堤坝。河流前方的岚山上郁郁葱葱，只有这河流，呈现出一条浪花飞溅的白色长线，流水声哗哗作响。

河面上漂浮着不少小船。我们一行沿着河水往前走，走进了道路尽头的龟山公园大门，看见满地都是纸屑，说明今年公园里的游客比较少。

在公园门口，我们再次回头望了望保津川和岚山的新绿景色。对岸有一道小瀑布。

“美丽的景色即地狱啊！”柏木又说了一句。

我总觉得柏木这么说有些信口开河，可是我也学着他，试着将这美景看作地狱。这努力并非徒劳。因为即便在眼前这片被新绿覆盖的宁静的日常风景中，地狱也在摇曳。地狱似乎是不分昼夜、随时随地、随心所欲地出现的。仿佛只要我们张口呼唤，它就会立刻出现在那里似的。

岚山上的樱花，据说是十三世纪时，从吉野山移植来的，此时都已凋谢，长出了嫩叶。花期一过，在这片土地上，樱花，不过是死去的美人名字被人提起而已。

龟山公园里最多的是松树，所以这里看不到四季的色彩变化。这是一个起伏很大的大公园，每棵松树都是亭亭玉立，树叶稀疏，无数光秃秃的枝干不规则地交错着，使得眺望公园景观时，不好把握远近感。

宽阔而迂回的道路环绕着公园，忽而上坡忽而又下坡，树墩子、灌木和小松树随处可见。有一块巨大白石一半埋在土里，四周盛开着紫红色的杜鹃花。这绚烂色彩在阴沉的天空衬托下，仿佛有几分不怀好意。

一对年轻男女正在荡着洼地上的秋千，我们从他们旁边登上小山丘，在小丘顶上的伞形顶盖的亭子里歇脚。从这里向东眺望，可以一览公园全貌，西边可以俯视林木掩映的保津川水流。荡秋千的吱呀吱呀声，就像不停磨牙似的传到亭子里来。

果然如柏木所说，不用准备盒饭，小姐打开的包裹里，有四份三明治、很难搞到的几种外国点心，还有专供占领军的三得利威士忌，只有在黑市才能买到。据说，当时的京都是京阪神一带黑市买卖的中心。

我不大会喝酒，但还是和柏木一起，合掌接受了小姐递过来的酒杯。两个女子喝了水壶里的红茶。

对于小姐和柏木这般亲密的关系，我至今仍是半信半疑。我不明白这个任性的女子，为什么偏偏对柏木这样的长着内翻足的穷书生这么好。两三杯酒下肚后，柏木就像回答我的疑问似的说起来：

“刚才我们不是在电车上争吵了吗？是这么回事，她家里逼着她和一个她不喜欢的男人结婚。她很快就害怕了，不敢再反抗。所以我对她连安慰带吓唬，说我一定要破坏这桩婚事。”

这些话按说不该当着本人的面说，可是，柏木就当小姐不在旁边似的满不在乎地说道。而小姐听他这么说时，也是表情依旧。她那纤柔的脖颈上，挂着一串蓝色陶片项链，在阴沉的天空映衬下，她那过于鲜明的五官，笼在一头卷曲的黑发中，迷离而朦胧。眼睛湿润润的，给人以只有眼睛才是活生生的赤裸的印象。她那轻佻的嘴唇，一如既往地微启着，两片嘴唇的缝隙间露出又细又尖的牙齿，晶亮而洁白。感觉很像小动物的牙齿。

“好痛啊！好痛啊！”柏木突然弯下腰，按着小腿叫唤起来。我慌忙俯下身查看，他却把我推开，给我递了个奇妙的冷笑的眼色，我便把手缩了回来。

“好痛啊！好痛啊！”柏木又用逼真的声音叫起来。我不由得看了看身旁的小姐。她脸上现出明显的变化，眼睛失去了沉静，嘴唇快速颤抖着，只有冷漠的挺拔鼻子不为所动，这表情形成了奇异的对照，面部的协调和平衡被打破了。

“忍着点儿！忍着点儿！马上给你治！马上就治！”她这旁若无人般高八度的声音，我还是头一回听见。她仰起长脖子，环顾四周，突然跪在亭子的石头上，抱住柏木的小腿，将脸颊贴上去，最后居然亲吻起小腿来。

我再次被与上次同样的恐怖感击中了。我看了一眼房东姑娘，她瞧着别处哼着歌。

……这时候，我觉得阳光从云间泄漏下来了，也许是我的错觉。但是，寂静的公园全景图里产生了不谐调，环绕着我们的澄明画面，那片松林、闪烁的河流、远方的群山、白色的岩石、一朵朵杜鹃花……由这些景色充斥的画面的每个角落，似乎都出现了细细的龟裂。

果不其然，必然发生的奇迹发生了。柏木渐渐不呻吟了。他抬起了头，抬起头的瞬间，又朝我挤了一下含着冷笑的眼睛。

“不疼了！好奇怪啊。每次开始痛的时候，你给我这么一治，马上就不痛了。”

然后，他双手抓住女子的头发，扯起她的头来。被抓住头发的女子，像忠实的狗似的，仰望着柏木，露出了微笑。在阴天的光线下，这一瞬间，我觉得小姐的漂亮脸蛋，变成柏木曾经说的那个六十多岁老太婆的脸了。

……实现了奇迹之后，柏木快活起来，快活得近乎疯狂了。他高声笑着，一把将女子抱到腿上亲吻起来。他的笑声回响在洼地的松树梢上。

“你怎么不追她呀?”柏木冲着沉默不语的我说，“好容易为你带来了一位姑娘，真是的。你是不是怕她耻笑你是结巴?结巴呀!结巴呀!说不定她也会迷上你这个结巴呢。”

“他结巴吗?”房东姑娘好像刚刚知道似的说，“这么说，‘三个残疾人’[1]凑齐两个了。”

这句话深深刺伤了我，真想找个地缝钻进去。奇怪的是，我对这个姑娘产生的憎恶，却伴随着某种眩晕般的感觉，转化成了突如其来的欲望。

“咱们分头找个地方去玩一会儿吧。两小时后，再回到这个亭子来。”

柏木一边俯视着还在饶有兴致地荡秋千的情侣，一边说。

跟柏木和小姐分开之后，我就和房东姑娘一起，从亭子所在的山丘往北走下坡去，再爬上绕向东边的缓坡。

“他把小姐捧成‘圣女’了。老爱玩这一套。”姑娘说。

“你……怎么……知道的?”我磕磕巴巴地反问道。

---

1 《三个残疾人》，日本狂言剧目。内容是三个人分别化装成瞎子、哑巴和瘫子，趁财主不在家，打开酒仓偷酒喝。财主回来时，慌乱中，三人弄错了各自扮演的角色。

“当然知道啦，我和柏木也好过呀。”

“现在没什么感觉了吧。不过，要说你还真淡定啊。”

“无所谓啦。那种残废，没法子。”

她的话反而给了我勇气，这回我很顺畅地反问：

“你也是喜欢上了他的内翻足吧？”

“别提他那个青蛙腿了。其实我吧，倒是觉得他的眼睛很好看。”

听了这话，我又丧失了自信。这说明，不管柏木是怎样想的，女子爱的是柏木自己没有意识到的美。可是，自认为对自己无所不知的我的这一股傲慢劲儿，只对我自己拒绝了那种美的存在。

……此时，我和姑娘已经爬上了坡道，来到一小片幽静的草地。透过松树和杉树间隙，能隐约望见大文字山、如意岳等远山。竹林覆盖了从这个丘陵一直到街里的整面斜坡，竹林尽头的一棵迟开的樱花还未凋谢。我想，它的确是迟开的樱花，由于磕磕绊绊地开花，才这么开到现在的吧。

我感到胸口发闷，胃也是坠坠的。这不是因为喝了酒，是由于一到紧要关头，我的欲望就会加重分量，以从我肉体脱离的抽象性的构造，压在我肩上的缘故。它就像是一个漆黑而沉重的铁制机床。

正如我反复说过的那样，对于柏木鼓动我直面人生的热情或恶意，我是很知足的。自从上中学时，在学长的短剑鞘上，偷偷刻了划痕开始，我就在自己身上清楚地看出，我没有资格面对人生的光明表面。但是，柏木是第一次教给我一条从内面抵达人生的黑暗近道的朋友。乍一看，这近道似乎是在奔向毁灭，却又富于出乎意料的术数[1]，将卑劣直接转换为勇气，把我们称为背德的东西，再次还原为纯粹的能量，也可以称为一种炼金术。即便如此，事实上即便如此，这近道更称得上是人生啊！它能做到前进、获得、衍变、丧失。即使它不能叫作典型的人生，也具备了生存的各种机能。如果在我们的肉眼看不见的地方，给予我们所有的生存都是无目的的前提，那么它越发是与其他普通的生存等价的生存了。

我想，即便是柏木，也不能说他没有醉吧。我早已知道，无论多么阴暗的认识里，也会隐藏着认识本身的陶醉。何况，使人陶醉的毕竟还是酒。

……我们在颜色枯暗、净是虫眼儿的杜鹃花树荫里坐了下来。我不明白房东姑娘为什么愿意这样亲切地陪伴我。我故意对自己表现得很残忍，可这姑娘为什么会产生想让人“玷污”自己的冲动呢？世间或许也有充满羞耻和亲切的无抵抗，但是姑娘将我的手放在她那胖乎乎的小手上，就像午睡时落在身上的苍蝇一样。

1　术数，中国古代应用数学方法的一类学术的总称。

然而长时间的接吻和姑娘柔滑的下巴唤醒了我的欲望。虽然这是我梦想已久的，现实感却很稀薄，欲望绕着其他轨道奔驰着。灰蒙蒙的阴沉天空、竹林沙啦沙啦的摇曳声、顺着杜鹃花叶拼命爬高的七星瓢虫……这些东西依然毫无秩序、零七八碎地存在着。

与其将眼前的姑娘看作欲望的对象，我宁愿从中摆脱出来。必须把此事作为人生来思考，要把它当作为了前进和收获的一道关卡来思考。若是错过这个机会，人生将永远不会再来光顾我了。这么一想，我不禁激动万分，无奈受口吃所累，不能顺利倾诉之时的万般屈辱回忆压上心头。我应该毅然决然开口说话，即使说得不利索，也要说些什么，必须把人生据为己有！柏木那次刻薄的催促，那“结巴呀！结巴呀！”的毫不客气的叫喊，在我的耳边响了起来，鼓舞了我……我终于把手滑向她的衣裙下摆。

就在这时，金阁出现了。

这是一座充满威严的忧郁而精致的建筑，是一座随处可见斑驳金箔的奢侈的尸骸般的建筑。隔着似近似远、既亲近又疏离的不可思议的距离，总是澄明地浮现在眼前的金阁出现了。

它挡在我和我向往的人生之间，起初像一幅缩微画那么小，眼看着渐渐变大，正如在它那精巧的模型里，能看到包容整个世界的巨大金阁的影子那样，它覆盖了包围着我的世界的每个角落，成为把这个世界的每寸空间都填充了的东西。它像无比响亮的音乐似的充满世界，只要听到这种音乐，就会成为充满世界意义的东西。有时候，我觉得金阁那样疏远我，屹立在我之外；现在它又彻底包裹了我，允许我在其内部占有位置。

房东姑娘走远了，像灰尘一样飞去了。既然姑娘被金阁拒绝了，我的人生也就被拒绝了。被美紧紧地包裹着，我又怎能把手伸向人生呢？站在美的立场上，它也有权利要求我死了这条心。用一只手去触摸永远，另一只手去触摸人生是不可能的。我觉得对待人生的行为的意义，若是在于发誓忠实于某一瞬间，让这一瞬间止步，金阁想必对此了然于心，在短暂的时间里，取消对我的疏远，而亲自化作那个瞬间，来告诉我对人生的渴望是虚妄的。金阁知悉，在人生中，化作永恒的瞬间使我们陶醉，然而与化作瞬间的永恒姿态比起来，就像此时的金阁那样，它就是微不足道的。美的永恒的存在，真正阻碍我们的人生、毒害生命之时，正是这种时候。生存让我们窥见的瞬间的美，在这种毒害面前不堪一击。它会轰然崩溃、毁灭，就连生存本身，也被暴露在毁灭的惨白之光中。

……我深深陶醉在梦幻金阁的怀抱里，并没有多长时间。我清醒过来时，金阁已经不见了。其实它不过是依然坐落在东北方遥远的衣笠山麓的一座建筑物，从这里根本看不见。金阁那样接纳、拥抱我的幻影已经是过去式了。我躺在龟山公园的山丘上，四周只有野花和飞得很慢的昆虫，再加上一个恣意躺着的姑娘。

姑娘对我突然的退缩嗤之以鼻。她坐起身来，把腰一扭，背向我坐着，然后从手提包里掏出小镜子照起来。她虽然没有说话，但她的蔑视像扎在衣服上秋天的牛膝叶刺一样，一遍遍地扎着我的肌肤。

天空低垂，轻轻的雨滴噼里啪啦打在了四周的草地和杜鹃花叶子上。我们赶紧站起来，赶往刚才的那个亭子。

*

如上所述，游岚山就这样不快地结束了，整整一天，给我留下了极其暗淡的印象，也不仅仅是因为那个缘故。那天晚上临睡觉前，从东京给老师来了一封电报，老师立即向全寺的人宣读了电报的内容。

原来是鹤川死了。电报里只是非常简单地写着因车祸而死亡。后来了解到的详情是这样的：鹤川在前一天晚上，曾到浅草的伯父家去，喝多了些酒。回家时，在车站附近，被一辆突然从胡同里冲出来的卡车撞倒了，颅骨骨折，当场死亡。他的家人一时忙晕了头，直到翌日的下午，才终于想到应该给鹿苑寺发封电报。

我流下了眼泪，家父死时我都没有哭过。因为鹤川的死，比父亲的死，对我的意义更加紧要。自从认识柏木以后，我就多少有意疏远了鹤川，可现在失去了他，我才明白，我与光明的白天世界相联结的一根细线，因他的死而切断了。我是在为失去的白昼、为失去的光明、为失去的夏天而哭泣。

即便我想飞到东京去跟他告别，也没有钱去。老师每月给我的零花钱只有五百日元。而母亲也穷，一年里最多能给我寄一两回钱，每回约二三百日元。母亲变卖了家产，投靠加佐郡的伯父家，也是因为父亲死后，靠着施主每月捐献的不到五百日元的救济米和政府给的一点抚恤金，实在难以度日的缘故。

我看不到鹤川的遗体，也没能参加他的葬礼，我不知该怎样在自己的心中确认鹤川已死。他曾经穿着白衬衫躺在树下，阳光点点洒在上面，随着他的呼吸起伏的腹部，现在在燃烧。我无法想象，像他那样只为光明而降生的、只适合光明的肉体和精神，怎能被埋葬在墓土里安眠呢？他身上丝毫看不到夭折的征兆，天生就与不安和忧愁无缘，完全不具备与死类似的因素。也许正是因为这个缘故，他才突然死去的吧。就像纯种动物的生命很脆弱一样，由于鹤川是用生的纯粹成分制造出来的，所以没有防御死的办法。我却与他相反，仿佛上天允许我可享受应受到诅咒的长寿。

他生前居住的世界的透明结构，对我来说，一直是个难解的谜。由于他的死，这个谜变得更加可怕了。这个透明的世界，就像是透明得看不见的玻璃，被突然驶出来的卡车撞得粉碎。鹤川不是死于疾病本身，正暗合了这个比喻。而死于交通事故这种纯粹的死法，也与他此生的纯粹无比的结构相契合。通过瞬间的冲突导致的接触，使他的生和他的死化合了。这是迅速的化学作用……只有通过这种过激的方法，那没有黑影的不可思议的青年，才能同自己的黑影、自己的死联结在一起，这是毫无疑问的。

可以断言，鹤川曾经居住的世界，即使充满了开朗的感情和善意，他也不是靠着误解或乐观的判断居住在那里的。他那颗在这个世界不可能存在的光明的心，是以一种力量、一种坚韧的柔软性支撑的，这就是他的运动法则。他把我的阴暗感情，逐一翻译成明朗的感情，这种做法含有某种无比正确的东西。他的光明与我的阴暗，在各个角落里都极其对应，显示出太过详细的对比，以至于有时我不免怀疑，鹤川会不会真实体验过我的心理了。并非如此！他的世界的光明是纯粹的，也是偏颇的，它建立了自身独有的细致体系，它的精密程度也许很接近丑恶的精密程度。如果不是这个青年人不屈不挠的肉体力量，不断地支撑着它进行运动，他那个光明的透明世界就会瞬间瓦解。他飞快地向前奔跑，于是被卡车辗轧了他的肉体。

鹤川给人以好感的源泉——他那明朗的容貌和健康的躯体——都已丧失后，现在，它又把我引导到关于人类的可视部分的神秘思考上去了。我在思考，凡是我们的眼睛看到的所有存在着的东西，都在行使那样光明的力量，很不可思议。我思考了精神为了拥有如此朴素的实在感，不知要向肉体学习多少的东西才行；还思考了人们所说的，禅以无相为体，知道自己的心是无形无相的东西，即人们常说的见性，但是，能够如实地看到无相的能力，恐怕又应该是对形态的魅力极其敏锐的。不能以无私的敏锐性去看形和相的人，又怎能那般清楚地看到，或清楚地知道无形和无相呢？因此，像鹤川那样，其存在本身就在发光的人，是眼睛可以看到、手可以触摸到的人，即所谓为生而生的人，现在已经丧失了。如今我只觉得，他那明晰的形态，就是不明晰的无形态的最明确的比喻，其实在感就是无形的虚无的最实在的模型，说不定他这个人，不过是这样的比喻而已。比如，说他与五月的百花很相似，很适合，是因为他在五月里突然死去，因而才会与扔进他的灵柩里的各种鲜花很相似、很适合的。

无论怎样，我的人生中缺少鹤川的人生那样确定的象征性。即便为此，我也是需要他的。最让我妒忌的是，他丝毫没有像我这样肩负着独特性或独自的使命的意识，便走完了一生。正是这种独特性，夺走了生的象征性。就是说，夺走了可将他的人生比喻成别的什么东西的象征性，即夺走了生的拓展和连带感，成为无法摆脱的孤独产生的根源。真是不可思议。可我就连与虚无的连带感都不具有。

*

我又陷入了孤独。那以后我没有再见过房东姑娘，和柏木的交往也不像之前那样亲密了。虽然柏木的生活方式的魅力仍然强烈地吸引着我，但我尽可能予以抗拒。并非出自本意地疏远他，是因为我觉得，这样做是对鹤川的悼念。我给母亲去了封信，在信中坚决地写了“在我出徒之前，请不要来看我”。这些话以前也对母亲说过，可是不再次以强硬的措辞写信去，我就不能放心。母亲在回信里，用不连贯的词句写了一大堆话，什么她每天忙着帮伯父干农活，等等，还写了好几句很简单的格言似的句子，最后添了一句：

“让我在死之前，亲眼看到你当上鹿苑寺住持的样子吧。”

我憎恨这行字，此后一连数日，这行字都让我心神不安。

整整一个夏天，我都没有去母亲寄居处看望她。由于伙食太糟糕，夏天我常常得病。那是九月十日后的一天，气象预报说可能有暴风袭来。需要有人去金阁值夜班，我主动要求去值班。

最近，我发觉自己对金阁的感情有了微妙的变化。虽然不算是憎恨，但我有种预感，在我心中正在萌生的东西与金阁之间水火不容的事态，早晚有一天会发生的。自从游龟山公园那时起，这种感情就很明显了，但我害怕给它下定义。不过，值这一宿的夜班时，金阁将由我来看护，令我喜不自禁。

我拿到了究竟顶的钥匙。这第三层楼阁最为宝贵，后小松天皇[1]的御笔匾额，高高悬挂在离地面四十二尺高的门楣上。

收音机里时刻播报着台风临近的消息，却总是不见到来的迹象。下午淅淅沥沥的雨停了，夜空中已升起了明亮的满月，寺里的人走到庭院里观察天象，纷纷议论这是暴风雨到来之前的平静。

寺庙中已是悄无声息。金阁里只剩下我一个人。待在月光照射不到的地方时，我恍惚感到，金阁沉重而奢华的黑暗包围着我。这种现实的感觉，慢慢地将我深深地浸入其中，这种感觉好像又变成了幻觉。当我清醒过来时，才意识到我现在真的陷入了在龟山公园时被人生隔绝的那种幻影里了。

我孤身一人，绝对的金阁包围着我。不知应该说我拥有

1　后小松天皇(1377—1433)，日本第一百代天皇。

了金阁，还是说被金阁所拥有。莫非在那里产生了罕见的均衡，我即金阁、金阁即我的状态正在成为可能？

晚上十一点左右开始，风越刮越猛了。我打着手电登上楼梯，用钥匙打开了究竟顶的锁。

我倚靠在究竟顶的栏杆上。风是东南风。不过天空还没有出现什么变化。月光闪烁在镜湖池的水草间，四周一片虫声和蛙鸣。

最初，大风从正面吹拂着我的脸颊时，可称为官能性的战栗从我的身上划过。风就像地狱之风一般越刮越猛烈，预示着要将我和金阁一起刮倒似的。我的心在金阁里，同时也在风之上。决定着我的世界结构的金阁，没有披挂被风掀动的帷幔，泰然自若地沐浴在月光中。可是风，我的凶恶的意志，迟早会撼动金阁，让它觉醒，在它坍塌的瞬间，夺走金阁傲慢的存在意义。

没错。此时我被美所包围，的的确确处在美之中。如果不是在无限膨胀的狂风的意志支撑下，我是否能这样完全地被美所包围，很值得怀疑。正像柏木曾经呵斥我“结巴呀！结巴呀！”那样，我也试着对狂风快马加鞭，对它喊起来：

“使劲刮呀！使劲刮呀！再快一些！再猛烈些！”

森林唰啦唰啦骚动起来。池边的树枝相互摩擦着。夜空失去了平静的海蓝色，变成混浊的深灰色。虫鸣虽未衰落，大风已发出神秘的笛音，铺天盖地席卷而来。

我看见层云叆叇，飞过明月，从群山那边，由南向北，如千军万马滚滚而来。有厚厚的云，也有薄薄的云。有大片的云，也有零散的云。所有的云都是从南边出现，从月前掠过，越过金阁的屋顶，好像赶着去办什么大事似的奔向北方。我仿佛听见头顶上的金凤凰在鸣叫。

风忽而消停，忽而增强。森林敏感地竖起耳朵倾听，忽而沉寂，忽而喧嚣。池面上的月影也随之忽暗忽明，有时拖曳着散光从池面扫过。

一座座山峰上盘踞的厚厚积云，好似一只大手在空中伸开，翻卷涌动着渐渐逼近，蔚为壮观。从云缝之间可以清楚地看到澄明的半个天空，又立刻被云层遮蔽了。然而，当薄薄的云片掠过时，透过它们可以看到罩着朦胧光环的月亮。

整整一夜，天空都是这样动荡变幻着。但是，风势没有继续增强的迹象。我靠在栏杆边上睡着了。翌日天晴了，一大早，寺里老僧来叫我起床，告诉我，台风很幸运地绕过京都远去了。

第六章

我为鹤川差不多服了近一年的丧。我再次发现，一旦陷入孤独，自己很容易习惯的，不和别人说话的生活是我最不需要努力的。对生存的焦灼也离我而去。心已死的每一天都是愉快的。

学校图书馆成了我唯一的享乐场所，在这里我不读禅书，只是随意翻看翻译小说或是哲学之类的书。在这里列举出这些作家和哲学家的名字，我比较忌讳。因为我虽然承认他们多少影响了我，成为日后我行事的因由，但我还是相信，具体行为是我的独创，而且我最不喜欢把这行为归咎于某既成哲学的影响了。

如上所述，从少年时代起，不被他人所理解，就成为我唯一值得自豪的事，我从没有产生过想让别人理解的自我表现的冲动。我总是试图毫不斟酌地让自己头脑明晰，但这是否出于想理解自己的冲动值得怀疑。因为这种冲动会成为遵从人的本性，不知不觉地在自己与他人之间架起的桥梁。由于金阁的美给予我的陶醉，使我的某一部分变得不透明，这种陶醉从我身上夺走了其他所有的陶醉，因此为了对抗它，我必须另外凭借我的意志，确保自己明晰的部分。总之，我不知道别人怎样，对我来说，头脑明晰才是真正的自己，当然，我并不是说自己是个拥有明晰头脑的人。

……事情发生在进入大学预科的第二年，即昭和二十三年(1948)的春假。那天晚上，老师又出门了。这么难得的自由时间，没有朋友的我，也只能独自散步来消磨。我走出了寺庙山门。山门外侧环绕着一圈水沟，沟旁立着一块告示牌。

虽说是多年来看惯了的告示，我却回过头去，闲极无聊地看起了月光下的旧告示牌。

警示

一、除非得到许可，不得自行变更现状。

二、不得做出其他对文物有害的行为。

以上规定务必遵守，如有违反，将依照国法进行处罚。

昭和二十三年三月三十一日

内务省

告示牌上的警示，显然是针对金阁的。可是我看不懂那些抽象词句暗示的是什么，只知道金刚不坏之身的金阁与这个告示风马牛不相及。这告示牌似乎是以不可理解的行为，或者不可能的行为为前提的。立法者为了概括这类行为，想必是绞尽了脑汁。为了处罚只有疯子才能想到的行为，应该如何事先吓退疯子呢？恐怕就需要这些只有疯子才能看懂的文字了吧……

我正思考着这些没有意义的事情时，看到一个人影顺着门前的大马路朝这边走来。白天的一群群游人早已不见了，只有明月映出的松树和远处电车道上行驶的汽车前灯，占据了附近的暗夜。

我突然认出了那人影是柏木。从他的走路姿势，就看出来了。于是，这漫长的一年来，我主动选择的疏远被收纳起来，此时我回想的都是对曾经被他治愈的种种感激。记得第一次见到他时，他就用他那丑陋的内翻足、那无所顾忌的刻薄话、无保留的告白，治愈了我的残疾的思想。我是在那时候，才第一次品尝到了以同等资格与别人交谈的喜悦，才体味到了身陷和尚兼结巴的这种固定意识底层的、近似做背德之事的喜悦。相反，在和鹤川的交往中，上述意识往往都会被抹掉。

我满面笑容地朝柏木迎上去。他身穿校服，手拿一个细长的包裹。

“你是要出去吗?”他问道。

“不是……”

“见到你太好了。我今天来是……”柏木在石阶上坐下来，解开了包袱皮，里面有两支散发着暗淡光泽的尺八。“前段时间，老家的伯父去世了，给我留下了这件遗物。不过我现在有一支尺八，是以前跟伯父学习时，伯父送给我的，再说给我留下那支尺八好像更名贵，可我还是喜欢用惯了的那支。我要两支也没有什么用，想送给你一支，今天就把它带来了。”

从来没有人送过我礼物，所以只要是礼物，我都高兴。我拿在手上看起来。尺八前面有四个孔，后面一个孔。

柏木继续说道：

“我学的是琴古流[1]。看今天月色格外好，就想来找你，有可能的话，想让你带我上金阁吹几曲，所以就来了，顺便也教你吹吹……”

1　琴古流，江户时代明和时期，黑田琴古(1710—1771)创始的尺八流派。与都山流齐名的两大流派之一。

“现在上去比较合适，老师外出了，老和尚不卖力气，到现在还没打扫完呢。要是打扫完了，他就把金阁的门锁上了。”

如果说柏木来得唐突，那么他说出月色这么好，想在金阁上吹尺八也很唐突。一切都颠覆了我所知道的柏木形象。不过，我现在生活这么单调，能叫我吃惊，就是欢喜的事。我拿着他送我的尺八，领着他走进了金阁。

那天晚上，和柏木都聊了些什么，我记不太清了。应该没有谈什么重要的事情。因为柏木根本无意谈起他一向擅长的奇拔哲学和有毒谬论。

他今天来找我，或许是为了将我想象不到的他的另一面展示给我吧。这位似乎只对亵渎美抱有兴趣的毒舌家，让我看到了他非常纤细的另一面。他对于美的观点，比起我来要缜密得多。他不是用语言，而是用姿态、眼神、吹奏的尺八曲子，以及映在月光中的前额来表达其观点的。

我们倚靠在第二层潮音洞的栏杆上。其宽幅弧形飞檐的阴影笼罩的檐廊下方，支撑着八根典雅的天竺样式[1]插肘木，凸向明月倒映的池面。

1　天竺样式，镰仓时代初期，僧重源为东大寺再建，从南宋引进、创始的佛寺建筑样式。也叫作“大佛样”，东大寺南大门是其代表之作。

柏木先吹了一支小曲《源氏车》，我没想到他吹得这么好听。我学着他的样，把嘴唇贴在小孔上，却吹不出音来。他先教我用左手握住尺八上方，然后耐心地教我将下巴抵在尺八托腮处，如何张着嘴唇贴在吹孔上，以及如何将宽宽的薄片似的风吹进孔里的诀窍，等等。我试了好多次，还是吹不出声音来。我的脸和眼睛都跟着使劲儿，尽管没有风，却觉得池中月亮的倒影都变成细碎的了。

我累得精疲力竭，有一瞬间，我甚至怀疑柏木是为了看我这个结巴的笑话，才让我受这份罪的。但是，我渐渐意识到，这种将发不出来的声音慢慢尝试着发出来的肉体的努力，仿佛将因害怕结巴而想顺利地说出头一个单词的平日精神上的努力净化了。我还感到，这未发出的声音，似乎早已真实存在于这个月光下的寂静世界的某个地方。我付出种种努力后，只要能够抵达那个声音，并让那个声音觉醒就可以了。

怎样才能抵达像柏木吹出来的那种灵妙之音呢？当然只有熟练，才有可能实现，美即熟练。就像柏木虽然拖着丑陋的内翻足，却能够吹出清澄的美妙音色一样，我也能通过娴熟，达到那样的境界的。这么一想，我便有了勇气。但是，我又产生了另一种想法。柏木吹奏的《源氏车》这支曲子那样动听，固然是因为那天夜里月色皎洁，但他丑陋的内翻足不也是原因之一吗？

对柏木越是深入了解，我越发明白他讨厌永恒不变的美。他喜好的只限于很快消失的音乐，或数日内枯萎的插花，等等，而讨厌建筑和文学。他之所以到金阁来，不过是为了来看看明月映照下的金阁。虽说如此，音乐的美是多么不可思议啊！吹奏者成就的这短暂的美，将一定的时间变为纯粹的持续，不会再重复，宛如蜉蝣那样的短命生物，是生命本身完美的抽象和创造。没有比音乐更近似生命的东西了，即便同样是美，也没有比金阁显得更远离生命、更污辱生命的美了。柏木吹罢《源氏车》的瞬间，音乐，这个架空的生命已死去，而他那丑陋肉体和阴暗认识，却毫发无损、毫无变化地残留在那里。

柏木向美寻求的东西确实不是什么慰藉！我明白了这一点，一切尽在不言中。他在自己的嘴唇向尺八吹入气息的短暂时间里，于虚空中成就了美之后，对自己的内翻足和阴郁的认识，比之前更加醒目而新鲜地残留下来，他喜爱的就是这一点。柏木喜爱的就是美的无益性、美穿过自己体内而不留痕迹，以及美绝对不改变任何事物这一点……假如过去，美对我来说，也是这种东西，我的人生不知有多么轻松啊。

……我按照柏木的指导，不知疲倦地练习了无数次。我吹得满脸涨红，气都快喘不上来了。这时候，我仿佛突然变成了一只鸟，从我的喉咙里发出了鸟的叫声一般，尺八发出了一声难听的低音。

“就是它!”柏木笑着叫了一声。

虽然绝不是美妙的声音，但是同样的声音接连不断地吹了出来。因为就在此时，我从这种无法相信是自己发出的神秘的声音里，幻想着头上的金凤凰的鸣叫声。

*

从那以后，我每天晚上，都靠着柏木送给我的尺八练习本，苦练起了吹尺八。我渐渐学会了吹《白布染上红太阳》等曲子，和柏木的友情也随之恢复如初。

五月里，为了柏木送给我尺八，我想应该回赠个什么礼物，可是我没有钱。我鼓起勇气把这事告诉了柏木。柏木回答:“我不要花钱买的礼物。”然后怪怪地撇着嘴，说出了下面一番话:

“明白了。难得你有这番好意，我倒是想要点东西呢。最近我很想插花，可是花太贵了。恰好金阁现在菖蒲、燕子花盛开，你能不能给我弄四五枝燕子花，蓓蕾或刚开的、盛开的都可以，再要六七株木贼草。今晚也行啊，夜里你拿到我的住处来行吗?”

我想都没想就一口答应下来，然后才发觉他在唆使我当小偷。可我为了面子，必须当一次偷花贼。

这天的晚饭是面食，只有又黑又有分量的面包和炖菜。幸而是周六，从下午开始放假，要出门的人已经出门了。今晚是“内开枕”，可以早睡，也可以外出，十一点以前回来即可，而且次日早上可以睡懒觉，叫作“睡忘”。老师也早已出门了。

下午六点半一过，天就慢慢黑下来。刮起了风。我等候着初更的钟声。到了八点，中门左侧的黄钟调[1]钟，敲响了初更的十八响，声音高迈清澈，余音绕梁。

金阁漱清亭旁边有一道小瀑布，是莲花塘的水注入镜湖池时形成的，半圆形的栅栏围着这个瀑布口。在它周围丛生着燕子花。最近几天，花儿开得非常艳丽。

我走了过去，燕子花丛被夜风吹得沙沙响。高高悬挂的紫色花瓣，在轻轻的流水声中颤悠悠的。那附近黑极了，紫色的花儿、浓绿的叶子，看上去都是黑乎乎的。我想摘两三枝燕子花。但是，花和叶子随风摇曳着从我的手里逃脱，我的手指被一片叶子划破了。

我把木贼草和燕子花送去柏木的住处时，他正躺着看书。我担心会碰上房东姑娘，还好她不在家。

小偷小摸使我很快活。每次同柏木在一起，他总是率先带给我小小的背德、小小的亵渎和小小的作恶，而这些必定

1　黄钟调，日本雅乐六调之一。

使我感到快活。但是，我不知道随着这种小恶的不断增加，这快活的分量是否也会无限地增加下去？

柏木兴高采烈地接受了我的花束。他还去跟房东太太借来了插花水盘和剪花枝用的铁桶等。房东家是平房，他住在四铺席半的厢房里。

他的尺八立在壁龛里，我把它拿出来，将嘴唇贴在气孔上，吹了一支小练习曲，吹得挺不错，让回房间来的柏木吃了一惊。但是今晚的他，已经不同于那天来金阁时了。

“你吹尺八，倒是一点也不结巴嘛。其实我是想听结巴吹曲子，才教你尺八的，可是……”

这番话又把我们拉回了和初次见面时相同的位置。就是说，他恢复了自己的位置。于是我也能轻松地询问那位住西班牙洋房的小姐了。

“你问那个女的吗？她早就结婚了。”他简单地回答，“我非常周全地教给她掩饰不是处女的方法，不过她丈夫是个本分人，好像顺利地应付过去了。”

说着，他将浸在水里的燕子花一枝一枝地拿出来，仔细地端详之后，又将剪子插入水中，在水里剪起根茎来。他手里拿着的燕子花影，在铺席上来回晃动着。这时，他又突然说道：

“你知道《临济录》的‘示众’章里的这句名言吗？‘逢佛杀佛，逢祖杀祖……’”

我接着说：

"'……逢罗汉杀罗汉，逢父母杀父母，逢亲眷杀亲眷，始得解脱。'"

"对，就是这段。那女子其实就是罗汉。"

"那么，你得到解脱了吗？"

"嗯。"柏木将剪好的燕子花拢齐，瞧着花说，"对她还杀得不够啊。"

内面涂成银色的水盘里装满了清澈的水。柏木很细心地把剑山[1]的弯针弄直了。我无事可干，仍絮叨不休：

"你知道'南泉斩猫'的公案吧？停战后老师把大家召集起来，讲了那个公案，可是……"

"'南泉斩猫'吗？"柏木打量着木贼草的长度，一边往水盘里插，一边回答，

"要说那桩公案嘛，会在人的一生中变换各种形态，反复出现的。那可是一桩叫人起鸡皮疙瘩的公案啊。每当我们在人生的拐角处相遇时，对同一公案的感觉和解读都是不尽相同的。因为南泉和尚所斩的猫原本就不是平庸之猫。那只猫很漂亮呢。你知道吗？漂亮得无法形容呢。它的眼睛是金色的，毛发油光发亮，它那小巧而柔软的身子里，像弹簧似的压缩收藏了这个世界所有的逸乐和美。几乎所有的注释者，

1 剑山，一种插花用具。

都忘记提及“猫就是美的凝聚体”这一点，当然除了我。可是，这只猫突然从草丛中跳出来，就好像自投罗网似的，闪动着温柔狡黠的眼珠，让人逮住了。于是它成了两堂相争的根源。这是为什么呢？因为美可以委身于任何人，又不属于任何人。美这种东西，是啊，怎么形容好呢？它就好比龋齿，碰到舌头，咬到硬物，会疼痛，强调自己的存在。人终于忍受不了疼痛，去找牙医把它拔掉。把沾满血污的茶色小龋齿放在自己的手心上，会这样说：‘就是这个吗？原来就是这么个玩意儿吗？让我痛苦，让我不断地烦恼它的存在，并在我体内顽固地扎下根的东西，现在不过是死了的物质。但是那个和这个真的是同一个东西吗？倘若这个本来就是我的外部存在，它又是凭着什么因缘，与我的内部连接，成为我疼痛的根源呢？这东西存在的根据是什么？它的根据就在我的内部吗？还是在它自身呢？尽管如此，从我身上被拔掉，躺在我掌心的这个东西，绝对是别的东西。断然不是那个东西。’

“你听明白了吧。所谓美，其实就是这样的东西。所以说斩猫，恰似拔掉疼痛的龋齿，看似把美剔除了，但能否根除就不好说了。美的根不会断绝，因为即使猫死了，猫的美或许也没有死。赵州为了嘲讽这种简单化的解决方法，才把草鞋顶在了头上。因为他知道，除了忍受龋齿的痛苦之外，并无他法。”

这种解释不愧是柏木之流的见解。但我总觉得他是在借题发挥，因为他看透了我的内心，故意嘲讽该公案对美的无可奈何。我真正开始害怕柏木了。我害怕他沉默不语，又继续问道：

“那么你属于哪边呢？是南泉和尚，还是赵州呢？”

“这个还说不好。现阶段我属于南泉，你属于赵州。不过，或许有一天，你会成为南泉，我成为赵州。因为这桩公案正像‘猫的眼睛一样’，变化多端啊！”

柏木一边侃侃而谈，一边灵巧地把生锈的小剑山置于水盘中，将充当“天”[1]的木贼草依次插在上面，然后将已经分为三叶一组的燕子花与之搭配，充当枝叶，逐渐成形为观水插花。水盘旁边还堆放着许多洗净的白色和褐色的晶莹小碎石，等插花之后放进去。

柏木插花的动作简直太美了。做出一个接一个小决断，十分麻利，对比和平衡的效果，准确地聚合起来，自然的植物在固定的旋律下，被眼花缭乱地移进了人工的秩序里。天然的花和叶，转眼变形为必然的花和叶。那些木贼草和燕子花，已不再是同一植物的一株株无名之物，变成了木贼草和燕子花本质的、简洁至极的直接表现。

1　插花术语。三角插花法由三个主枝构成，称“天、地、人”三线。天线，最壮、最美的花枝插于瓶子正中；人线和地线，分别在天线左侧或右侧，位置略低，作为陪衬，平衡整个画面。各流派叫法，样式各有不同。

但是，他插花的手法中隐含着残忍。他对待植物的动作里，仿佛拥有不快而黑暗的特权。不知是不是这个缘故，每当他咔嚓一声将花茎剪下来的时候，我就好像看到了血在滴落。

一盘观水插花完成了。在水盘右端，木贼草的直线和燕子花叶的漂亮曲线相交，有一朵花已绽开，其他两朵含苞待放。这盘插花摆在小壁龛里，差不多占满了空间，水盘里的插花投影恬静怡然，掩盖剑山的小石子，形象地再现了澄明的水边风情。

“太美了！你在哪儿学的？”我问道。

“跟附近的插花女师傅学的。待会儿，她要来找我。我和她交好时，顺便跟她学习插花。学会了自己插花之后，我对她也就厌倦了。她还是个很年轻漂亮的女师傅啊。据说是战争期间，她和一个军人有了孩子，胎儿生下来就死了，那个军人也战死了，从那以后，她就放纵起来，喜欢和男人交游。这个女人多少有点钱财，教授插花好像只是出于爱好。你要是有兴趣，今晚，你就带她去哪里玩玩吧。随便去哪儿，她都会去的。”

……这时我只感觉心如乱麻。当年从南禅寺山门上看见她时，鹤川还在我身边。三年后的今天，她却以柏木的眼睛为媒介，出现在我的面前。她的悲剧，曾经被我怀着阳光而神秘的心态观看，如今，又被全然不信的眼睛所窥视。可以确定的是：当年她那远看恍如白昼之月的乳房，已被柏木的手抚摸过；当年包裹在华美和服里的膝盖，也已被柏木的内翻足触碰过了。不消说，她已被柏木，也就是被认识玷污了。

这个念头令我苦恼，我感到无法在这里坐下去了。但是，好奇心还是把我留住了。我甚至以为是有为子转世的那个女人，如今却成了被一个残疾学生抛弃的女人，我觉得等候她的时间格外漫长。不知什么时候，我产生了错觉，竟然站在柏木一边，沉浸于亲手玷污自己的回忆般的喜悦中。

……当我看到她时，我的心却没有掀起一点波澜。当时的情景至今历历在目。她声音微微嘶哑，尽管举止大方得体、谈吐优雅，眼睛里却闪烁着粗俗之色。虽然顾及我在场，还是嗲声嗲气地对柏木嗔怪不已……此时我才明白了柏木今晚叫我来的原因，他是想让我替他做挡风的墙。

这个女人与我的幻影没有丝毫关联。那幻影完全停留在对初次见面的另外一个人的印象上。女人优雅的谈吐渐次混乱起来，而且她连看也不看我一眼。

对自己的凄惨样子忍无可忍的女人，似乎想暂时后退一步，不再逼迫柏木回心转意。她突然装出很沉静的样子，环顾狭小的公寓房间。女子已经坐了三十分钟，刚刚注意到壁龛里摆着一大盘插花。

“这盘观水很美啊。真是插得很美啊！”

柏木就等着她这句话，不失时机地给予致命一击：

“很不错吧。到了这个程度，就不需要再跟你学下去了。真的不用再见你了。”

女人听了柏木这句冷冰冰的话后，脸色变得惨白，我赶紧移开了视线。女人微微一笑，很规矩地膝行到壁龛前。我听见女人说：

“这是什么花呀！难看死了，这叫什么插花呀！”

只见水花飞溅，木贼草倒了，绽开的燕子花被撕碎了。我冒着偷窃之罪摘来的花草，落得一片狼藉的下场。我不由得站起身来，又不知该做什么，只好背靠在窗玻璃上。我看见柏木一把抓住女人的纤细手腕，然后揪住她的头发，扇了她一个耳光。柏木这一连串粗鲁的动作，与刚才插花时用剪子剪掉叶子和根茎时的平静的残忍并无两样，就像是在延续那些动作。

女人双手捂着脸，跑出了房间。

柏木却仰起脸，瞧着一直呆若木鸡的我，竟然浮现出孩子气的微笑，催促道：

“你还不快点追上去，你得好好安慰她一下，快点儿去呀！”

不知是被柏木说话的威严压倒，还是真心同情那女人，连我自己也搞不清楚。总之我拔腿就跑，去追赶她。我从公寓出来，跑过了两三户人家才追上她。

这里属于乌丸车库后面的板仓町。阴沉沉的夜空下，回响着电车入库的声音，闪烁着电车擦出的淡紫色火花。女人穿过板仓町向东而去，沿着后街上了坡道。我默默地紧跟在边哭边走的她身旁，她发现了我，向我靠过来。她用非常客气的语气，向我没完没了地控诉柏木做的缺德事，声音因哭泣而更加嘶哑了。

我们不知走了有多远！

她在我的耳边一一诉说柏木的缺德事，其恶毒卑劣的每个细节，但这一切只浓缩为“人生”二字，在我耳朵里回响。他的残忍性、计划周全的手腕、背叛、冷酷、向女人索要金钱的各种手段，这一切不过是在说明他的难以形容的魅力而已。而我只需要相信他对自己的内翻足的诚实就够了。

自从鹤川去世以来，我好久没有接触到真正的生了。当我接触到久违的、他人的、并不比我更薄命的黑暗的生，不过，只要还活着就会不停地伤害他人的生的活力，从中得到了鼓舞。他那句简洁的“还杀得不够啊”复苏了，撞击着我的耳朵。我心中联想到的是，停战时，我站在不动山顶，面对着京都市街的万家灯火祈祷的那句话：“祈求包裹这些邪念的我的黑暗内心，能够与包裹这万家灯火的黑夜并驾齐驱！”

这女人并不是向自己的家走去的。为了跟我说话，她专挑行人稀少的胡同，漫无目的地往前走。因此终于来到女人自己的住所前面时，我已经搞不清是哪条街了。

已经十点半了，我想告辞回寺庙，女人却硬拉着我进了屋。

她先进屋，打开了灯，突然说了一句：

“你有没有想过诅咒别人，希望他死掉呢？”

我当即回答“有过”。奇怪的是，在此之前，我倒是忘了，我确实盼望那个见证我的耻辱的人——房东姑娘早点死去。

“真可怕啊。我也是呀。”

女人放松下来，侧着腿坐在铺席上。室内的电灯大概是一百瓦，在限制用电的时期，可是少有的亮度，和柏木的住处相比亮了三倍。女人的身体暴露在明晃晃的照明中。她系着的博多白绢名古屋腰带[1]白得晃眼，衬托出了友禅绸和服上的霞紫色。

从南禅寺山门到天授庵客厅之间，隔着一段鸟儿才能飞过去的距离。我感觉自己花了几年时间，在逐渐缩短那段距离，如今终于到达了那里。从那时候起，我就一分一秒地计算着时间，今天终于真实地接近了，可以解开天授庵的神秘

1　大正时代(1912—1926)初期，在名古屋设计、流行起来的女用和服腰带，总长 340 厘米左右。

情景的东西了。我觉得这是必然的。犹如很远的星光抵达地球之时，地上的样子早已改变了一样，那女人已经完全变质了，这也在情理之中。况且，假如我从南禅寺山门上望见她的时候，就注定了我和她会有今天的缘分的话，那么她现在的这种改变，只要稍做修正，恢复旧貌，当年的我和当年的她就能再次相见了。

于是，我讲起话来。我气喘吁吁、结结巴巴地说了起来。当时的嫩叶复苏了，五凤楼藻井图里的天人和凤凰复苏了。她的脸颊染上了一片红晕，眼睛里粗俗的光不见了，代之以意乱情迷的光芒。

“真的吗？啊，真是那样的吗？简直是奇缘啊！这就叫作奇缘吧。”

她的眼睛里满含着兴奋的喜悦之泪。她忘却了刚才的屈辱，投身于往事的回忆里，让同样的兴奋延续到别样的兴奋中，几近疯狂了。她的霞紫色和服下摆已经凌乱了。

“已经挤不出奶汁了。啊，我可怜的孩子！虽然挤不出奶汁，我也要照那个样子挤给你看。因为你从那时候起就喜欢我了，现在我要把你当作当年的他！一想起他，就不觉得羞耻了。我要像当年那样，让你看看！”

她以果决的口吻说道，然后，女人所做的事，既像是狂喜过度，又像是绝望过度。我想，她的意识里恐怕只有狂喜，而促使她做出那种激烈行为的真正力量，是柏木给她造成的绝望，或者说是绝望留下的散不去的余味。

就这样，我看见她在我面前把和服的腰带解开了，把一件件内衬的细带解开了，丝绸腰带发出窸窸窣窣声解开了。她的衣襟敞开了。她的手从隐约可见的白皙胸部，掏出了左边的乳房给我看。

如果说此时我没有感觉眩晕，那是假话。我看着它，仔细地看着它。然而，我仍然止步于成为见证人。我从山门的楼上，远远看到的一个神秘的白点，并不是这样的具有一定质量的肉体。那个印象由于经过了太长时间的发酵，使得眼前的乳房只是一团肉，只是一个物件了。而且，它不是想申诉什么，或诱惑谁的肉体了。它是存在的残忍的证据，是从生存整体上切割下来的、仅仅是暴露在那里的东西而已。

我又想撒谎了。当然了，我的确感到了眩晕。然而，我真切目睹了那乳房从作为女人的乳房，逐渐变形为毫无意义的碎片的整个过程。

……奇怪的是下面发生的事。不知怎的，在这令人痛心的过程即将结束时，它在我的眼里终于变得美起来。乳房被赋予了美的荒芜的无感觉性质，它虽然袒露在我眼前，却一点点地被封闭在其自身的原理之内。好比蔷薇被封闭在蔷薇的原理之内。

在我眼中，美总是来迟一步。比别的人要延迟，比起别人同时发现美和官能来，我要迟缓很多。我眼看着乳房恢复了与整体的关联……超越肉体……变成无感觉且不朽的东西，变成与永恒相连的东西。

愿诸位能明察我下面所说的话。这时金阁又出现了。或者应该说，乳房变形为金阁了。

我想起了初秋当值的那个台风之夜。即使是在明月下，夜晚的金阁内部，那板窗内侧、格子门内侧、金箔剥落的藻井下面，都沉淀着沉重而奢侈的黑暗。这是很自然的。因为金阁本身就是被精心构筑、造型出来的虚无。我眼前的乳房内部，也像这样是黑暗的，只是表面明亮地闪烁着肉体的光辉，它的实质同样是沉重而奢侈的黑暗。

我绝没有陶醉于认识。不如说我的认识受到了蹂躏和侮蔑。更别提生和欲望了！……但是我仍感到深深的恍惚，浑身都麻痹了似的，面对着她那裸露的乳房呆坐着。

…………

于是，我再次看到了女人将乳房收回怀中时，那冰冷而轻蔑的眼神。我向她告辞。她送我到门口后，在我背后哗啦一声拉上了格子门。

……直到回到寺庙，我都是神情恍惚的。乳房和金阁在我的心中轮番出现。无力的幸福感让我内心充盈。

可是，当我透过风声萧瑟的黢黑的松林，远远看到鹿苑寺山门时，我的心逐渐冷却下来，无力感占了上风，陶醉的感觉变成了厌恶，一股无名的憎恨油然而生。

“我又一次被隔绝于人生了！”我喃喃自语，“又一次啊！金阁凭什么要保护我？我又没有拜托它，它凭什么将我和人生隔绝呢？不错，的确是金阁把我从地狱中拯救出来的。可金阁就是靠着这一手，把我变成了比下地狱的人更坏的人，变成一个‘比任何人都熟知地狱的人’。”

黑暗的山门，一片静寂。早晨鸣钟时才熄灭的侧门的灯，还发着暗淡的光亮。我推开了侧门。门内侧，嘎啦嘎啦发出生锈的铁锁将秤砣吊上去的响声，门打开了。

看门人已经睡了。侧门内面贴着寺内规则“晚上十点以后，最后回寺者锁门”。还有两块名牌没有翻个儿。一块是老师的，另一块是老杂役的。

走着走着，我看见右边的作业场地上横着几根五米多长的木料，在黑夜里也看得出明亮的木色。走近一看，满地都是锯末，宛如铺了一地的小黄花，在黑夜中弥漫着浓郁的木香。我本想从作坊尽头的辘轳井旁边去厨房，但又改了主意。

在入睡前，我要再去看一看金阁。于是我从沉睡的鹿苑寺大殿出来，经过唐门前，走上了通向金阁的路。

金阁渐渐出现了。在沙沙作响的树木环绕中，它纹丝不动地耸立在黑夜里，但绝不会睡着，犹如黑夜的护卫……是啊，我不曾看见过金阁像沉睡的寺庙那样酣睡过。这座无人居住的建筑是能够忘却睡眠的。因为居住在那里的黑暗，完全不受人类法则的局限。

我用近乎诅咒的语调，冲着金阁，第一次粗野地喊叫：

“早晚有一天，我要制服你。早晚有一天，我要占有你，不让你再来干扰我！”

我的喊声久久回荡在深夜的镜湖池上。

第七章

总体来说，在我的体验之中，常常有种巧合在起作用。就像镜中走廊那样，一个影像会延伸到无限的深处，在新遇见的事物上，也会清晰地折射出过去见过的事物影像。我仿佛被这种相似引导着，不知不觉间，朝着走廊深处那永远走不到的内室走去。我们并不是突然遭逢命运这种东西的。例如，某个日后被判处死刑的男人，即使平时走在路上，也会从眼前的电线杆或岔道口，看到绞刑架的幻影，对这种幻影十分熟悉。

因此，在我的经历中，从来没有堆积之物。没有可以堆积成地层或造就高山那样的厚度。除金阁外，我对一切事物都没有亲近感，对自己的经历，当然也不抱有特殊的亲近感。只是我知道，从这些经历中，正在形成某种可憎的不吉利画面，它是由还没有被黑暗时间的海洋完全吞噬的部分、还没有陷入毫无意义的无穷重复的部分等微小部分连接而成的。

那么，这一个个微小部分究竟是什么呢？有时我也在思索这个问题。可是，那些亮闪闪的散乱碎片，比路旁反光的啤酒瓶碎片更欠缺意义，更欠缺规则性。

虽如此，也不能把这些碎片看作曾经完美无缺之物的碎片。因为即便这些碎片在无意义中，在规则性完全欠缺的状况下，被砸得粉碎而扔掉，它们仍梦想着各自的未来。它们虽身为碎片，却毫不畏缩、不露声色、沉静地憧憬着……未来！憧憬着绝不会痊愈或康复的、全新的、真正前所未闻的未来！

这种不明晰的自我反省，有时也会给我带来某种自己都觉得与自己不相称的、抒情般的兴奋。每当此时，若恰好是个明月之夜，我就会带着尺八，到金阁旁边去吹上一通。现在，我不用看乐谱，也能吹出柏木吹过的《源氏车》了。

音乐有如做梦，同时，也很像与梦相反的东西，或是更为清醒的状态。我在琢磨，音乐到底属于哪一种呢？不论怎样，音乐具有使这两种相反的东西时而逆转般的力量。而且有时，我会轻而易举地化身为自己所吹的《源氏车》的曲调。我的精神感受到了化身为音乐的乐趣。与柏木不一样，音乐对我而言，真正是一种慰藉。

……每次吹罢尺八，我都会想，金阁为什么不责备也不打扰我的这个化身，默认了它呢？另一方面，每当我想化身为人生的幸福和快乐的时候，金阁为何一次都没有放过我呢？它会突然遮挡我的化身，使我回归自己，这不正是金阁的一贯套路吗？为什么只限于音乐，金阁会允许我如此酩酊和忘我呢？

……这么一想，正因为金阁的默许，音乐的魅力也相应的淡薄了。因为既然金阁已经默认了，那么音乐看上去无论与人生多么相似，也只不过是赝品架空的人生，纵令我想化身为它，这种化身也只能是转瞬即逝。

请不要以为在女人和人生面前，两次遭受挫折后，我就气馁了，变得畏葸不前了。实际上，直到昭和二十三年岁暮为止，我有过好几次这样的机会，加上有柏木的言传身教，我都毫不畏缩地出击了。结果仍是败下阵来。

金阁总是出现在女人和我之间，出现在人生和我之间。其结果，我的手刚一触及想抓住的东西时，那东西就立刻灰飞烟灭，憧憬也化成了沙漠。

一天，我在厨房后面的地里干农活，趁着干活间隙，曾观察过蜜蜂在一小朵黄夏菊上采蜜的样子。从阳光灿烂的空中，飞来一只扇动着金色翅膀的蜜蜂，它从众多夏菊花中挑了一朵，在花儿前面流连不去。

我想用蜜蜂的眼睛去观察。夏菊绽放着毫无瑕疵的端庄的黄色花瓣。它就像是一座小金阁般美丽，像金阁那般完整，但它绝没有变形为金阁，仍然保持着一朵夏菊之形。是啊，它是千真万确的菊花，是一朵花儿，保持着不含任何形而上性的暗示的一种形态。它通过这样保持存在的节操，散发出无穷的魅惑，成了迎合蜜蜂欲望的东西。在无形的、飞翔的、流动的、力动的欲望面前，这样隐身在对象的形态里存活着，是何等神秘啊！形态徐徐变稀薄了，即将破裂了，颤抖停着。这也难怪，菊花的端庄形态，是循着蜜蜂的欲望造就的；这种美本身，就是朝着预感开花的。因而，此时此刻，才是形态的意义，在生存中闪耀的瞬间。只有形态，才是没有形态的流动的生命模具，与此同时，没有形态的生命的飞翔，即这个世间一切形态的模具……蜜蜂钻进了花朵深处，浑身沾满了花粉，沦陷于酩酊之中。我看见把蜜蜂迎进去的夏菊花，仿佛变成了穿着黄色奢华铠甲的蜜蜂，剧烈摇动着身子，眼看就要脱离花茎飞上天空似的。

我对于光亮和在光亮之下进行的这种营生，大多感到眩晕。忽然，我又从蜜蜂的眼睛回归了自己的眼睛，这时，凝望着蜜蜂的我的眼睛，恰好位于金阁的眼睛的位置。具体解释一下就是：正如我放弃了蜜蜂的眼睛，还原为我的眼睛一样，在人生逼近我的刹那，我放弃了我的眼睛，而把金阁的眼睛当作了我的眼睛。正是在那个时候，金阁出现在我和人生之间的。

……我回归了自己的眼睛。蜜蜂和夏菊，在广袤无垠的物质世界里，只局限于所谓“被排序”。蜜蜂飞翔和花儿摇曳，与风吹草动没有任何不同。在这个静止的冰封的世上，一切都是同格的，曾经散发着强烈魅惑的形态已然死绝了。菊花并不是凭借它的形态，只是凭借我们随意称其为“菊花”的这个名字，凭借约定俗成而美丽的。我不是蜜蜂，所以不会受菊花的诱惑。我不是菊花，所以也不会被蜜蜂喜爱。一切形态与生命流动之间的那种和谐消失了。因为世界被弃置于相对性中，只剩时间在流逝。

当永恒的、绝对的金阁出现在眼前，当我的眼睛变成金阁的眼睛时，世界将会如此变形。在那变了形的世界里，只有金阁保持不变，占有着美，将其他东西化为灰尘，已是无须赘言了。自从那个娼妇踏进金阁内庭，以及鹤川突然去世以来，我心中反复追问着一个问题：“即便如此，作恶是可行的吗？”

*

那件事发生在昭和二十四年（1949）正月。

趁着周六的除策[1]，我到“三番馆”那种廉价电影院看了一场电影。回寺院途中，独自一人在好久未去的新京极街上闲逛。在熙攘的人流中，我突然看见一个熟悉的面孔，没等我想起是谁，他已被人流挤到我身后去了。

他头戴呢子礼帽，身穿高档外衣，围着围巾，和一个穿铁锈红大衣、艺伎模样的女人并肩走着。男人那张桃红色的富态面孔，有着普通中年绅士脸上见不到的、婴儿般的清洁感，长鼻子……不是别人，正是老师那张脸的特征，几乎被呢子礼帽遮挡了。

我没有什么可心虚的，倒是更害怕对方发现我。因为我突然醒悟到，要避免成为老师微服出游的目击者、见证人，与老师在互无沟通中结下信赖或不信赖的关系。

这时，一条黑狗夹在正月夜晚的人群中走着。看样子这条黑色长毛狮子狗，很习惯在人群中穿行。一些穿军人外衣的人夹杂在女人们的漂亮大衣之间，它很灵巧地从这些行人脚边穿过去，到各个商店门前转来转去。它在圣护院八桥的一家老字号礼品店门前嗅着气味儿。借着店铺的灯光，我才看清了狗的脸，它的一只眼睛已经溃烂，溃烂的眼角上凝结的眼屎和血痂，就像玛瑙似的。另一只好眼盯着地面。长

1　除策，佛语，即解除警策之意。警策，佛语，为防止坐禅时打盹，敲击肩头用的戒尺。

毛狮子狗的脊背上有多处伤疤，伤疤上的一撮撮硬毛非常惹眼。

不知为什么狗会引起我的注意。大概是因为，狗顽固地向往着另一个与这个明亮而繁华的街道全然不同的世界，四处流浪，吸引了我吧。狗走在只有嗅觉的黑暗世界里，那个世界与人类的街道重合了，应该说，灯火、唱片里的歌声和笑声，因执拗的黑暗的臭味，受到了威胁。这是因为臭味的秩序更为真实，狗的湿漉漉的脚下发出的尿臊味儿，与人类的内脏和器官散发出来的隐隐的恶臭，确实是有关联的。

那天冷极了。有两三个像是黑市贩子的年轻人，一边走一边揪下一把过了新年还没撤掉的门松叶子。他们张开戴着新皮手套的手掌，看谁揪得多。一个人的掌心里只有几片松叶，另一人的掌心里有一枝小松枝。这几个黑市贩子说笑着走了过去。

我不知何时跟着狗往前走去。狗的身影忽而消失，忽而又出现了。它拐上了通往河原町的近道。就这样，我来到了比新京极还要黑暗的电车道旁的街道上。狗的身影忽然不见了。我停下脚步，四处张望，还走到了电车道边，寻找狗的踪影。

这时候，一辆擦得锃亮的出租车，在我前方不远停下了。车门打开，一个女人先上了车。我不由自主地往那边看去。男子正要跟着女人上车，忽然发现了我，便站在原地没有上车。

原来是老师。我不知道刚才擦身而过的老师，和那个女人转了一圈后，怎么又这般倒霉地和我碰上了呢？不管怎么说，他正是老师，先上车的女人穿的铁锈红大衣，也是我刚才见过的那个颜色。

这回我也来不及躲避了。可是我吓得说不出话来。因为还没等我发出声音，口吃就在我的嘴里翻来滚去了。好不容易，我做出了连自己都出乎意料的表情。就是说，我极其不合时宜地冲着老师笑了。

我根本说不清为什么要这样笑。仿佛是来自外面的笑，突然贴在了我的嘴上似的。可是，看见我对他笑，老师的脸色变了。

“蠢货！你在跟踪我吗？”

这样呵斥了一声后，老师也不看我，转身上了车，砰的一声关上了车门，出租车开走了。这时我才恍然大悟，如此看来，刚才在新京极看到老师的时候，老师也一定发现我了。

第二天，我特意等着被老师叫去狠狠训斥。其实这也是我为自己辩解的一个机会。然而，与踩踏娼妇的那个事件一样，从次日起，老师便开始了只字不提的无言考问。

也是巧了，这时我又接到了母亲的来信。最后一句话照例是：我活着只是为了亲眼看到你当上鹿苑寺住持！

“蠢货！你在跟踪我吗？”老师这一声断喝，叫人越琢磨越不对头。倘若他是一位十分诙谐、豪放磊落的名副其实的禅僧，对弟子是不会这样劈头盖脸地粗俗呵斥的。恰恰相反，会说出一句更有效力的、更犀利的妙语来。虽说此事已然无法挽回，但由此看来，那时老师一定误解了我，认为我是故意跟踪他，最后抓到他的狐狸尾巴，所以才会以那副表情嘲笑他的，于是乎，甚为狼狈，不禁恼羞成怒了。

不管怎样，老师不发一言，又成了每天压在我身上的不安之因。老师的存在，变成了巨大的力量，变成了在我眼前乱飞的飞蛾影子。按照惯例，老师应邀外出做法事时，要由一至两名侍僧陪同前往，以前必定由副司陪同，最近因实行所谓民主化，便由副司、殿司、我和两名弟子等五人轮流陪同了。时至今日，人们还背地里议论其严苛的那个舍监，应召入伍后战死了，因此，舍监一职，由现年四十五岁的副司兼任。鹤川死后，又补充了一名弟子。

就在这个时候，同属相国寺派的历史久远的某寺住持圆寂了。老师应邀参加新任住持的升座仪式，这次轮到我当陪同。由于老师没有特别表示不许我作陪，我期盼着在往返途中，能有机会向他做出解释。可是到了头天晚上，又追加了一名新招收的弟子陪同，我寄托在那天的期望，一半已破灭。

熟悉五山文学[1]的人，想必会记得康安元年(1361)，石室善玖[2]担任京都万寿寺住持时的“入院法语”[3]。新任住持到达寺院后，从山门经由佛殿、土地堂、祖师堂，最后步入方丈室，每到一处都分别留下了玄妙的法语。

住持内心充满了就任的喜悦，指着山门自豪地说：

天城九重内，帝城万寿门。空手拔关键，赤脚上昆仑[4]。

焚香开始，举行了向嗣法师[5]献上报恩香的嗣法香仪式。过去禅宗不拘泥于惯例，非常重视个人悟道的谱系，在那个时代，并不是师父决定弟子，而是弟子选择师父。弟子不仅

1　五山文学，日本镰仓时代末期和南北朝时代(1336—1392)，在镰仓和京都的五山盛行的禅僧所作的汉文学，为江户时代儒学的兴盛奠定了基础。

2　石室善玖(1294—1389)，室町时代的禅僧。曾担任临济宗建长寺、圆觉寺等的住持。作为给日本禅林增添文学氛围的文笔僧而知名，著作有《石室善玖语录》等。

3　入院法语，“入院”，即僧侣进入寺院成为住持，“入院法语”，即新任住持就任时，所说的语句或文章。

4　昆仑，根据中国古代传说、神话想象的西方的高山。

5　嗣法师，接受印可证明，继承佛法的人，称为“嗣法”，其师，称为嗣法师。

有最初受业的师父，还接受各方师父的悟道印可[1]，并且要在献嗣法香仪式的法语里，公开自己心中最想承继其法的师父名号。

我望着这个隆重的焚香仪式，心里纠结着：如果是我继承鹿苑寺，在参加这种献嗣香的时候，能按惯例宣告老师的名字吗？我说不定会打破七百年来的惯例，宣告别人的名字。早春下午的方丈里很阴冷，室内弥漫着五种香之香气，摆在三具足[2]后面的闪亮璎珞、环绕主佛背后的炫目背光、并列打坐的僧侣们的袈裟色彩……我幻想着有朝一日，如果是我在那里供奉嗣法香的话……我心里想象着自己变成了新任住持后的样子。

……到了那时候，我应该会在早春凛冽的冷气鼓舞下，以极其漂亮的背叛践踏这种惯例吧。列座的众僧会吓得目瞪口呆，愤怒得脸色苍白吧。我不愿意说出老师的名字。我要说别人的名字……说别人的名字？可是，我真正的开悟师父是谁呢？真正的嗣法师父又是谁呢？我是个结巴，那个人的名字，会因为口吃，半天说不出来。也许我只憋出个“美”，或是“虚无”，结果惹得满座哄笑。在笑声中，我将会难堪得呆若木鸡……

1　印可，师僧证明弟子悟道已成熟练达，许可传授奥义。

2　三具足，指花瓶、烛台、香炉三佛具齐备。

……我的美梦突然中断了。老师自有老师要做的事，需要我这个侍僧来协助。对于列席这种仪式的侍僧来说，本是值得自豪的事，但是鹿苑寺住持是当天的上首。上首进过嗣香后，定要敲打一下白槌，以证明新任住持并非赝浮图，也就是冒牌的和尚。

老师念诵道：

法筵龙象众，
当观第一义。[1]

然后响亮地敲了一下白槌。响彻方丈的槌声，重新使我领教了，老师掌握的权力是神圣不可冒犯的。

我无法忍受老师不知何时是个头儿的无言惩罚。我只要还有一丝人的情感，就不能不期待得到对方相应的感情。不管是爱还是恨。

时时窥伺老师的脸色，已成了我的可悲习惯，但是从老师脸上看不到一点特别的感情。这种面无表情，连冷冰冰都说不上。即便这无表情意味着轻蔑，也不是对我个人的轻蔑，

1　法筵龙象众，当观第一义，法筵即说法之席。龙是水中的、象是陆地上的大力士的比喻。意为：列席法事的高僧们，应观第一义。

而是对于更普遍的东西，譬如对普遍的人性或种种抽象概念的轻蔑。

从那时起，我决定强迫自己回想老师那动物性的脑袋形状和肉体性的丑陋。想象他排便的姿势，甚至想象他与身穿铁锈红色大衣的女人交欢时的情景。幻想他脸上的无表情融化了，因快感而松弛下来的脸上，露出了说不清是笑还是痛苦的表情。

他的光滑柔软的肉体与同样光滑柔软的女人肉体融合在一起，几乎分辨不出谁是谁了。老师的松软腹部与女人的松软腹部叠加在一起的样子……不可思议的是，无论我怎样发挥想象力，老师的面无表情都会立即与排便和交配时的动物表情连接起来，没有可以填补其间的东西。日常的细腻感情的色彩，并不是像彩虹一般连接其间，而是从一个极端变形为另一个极端。如果说有一点点可连接其间的东西，有一点点可算是线索的东西，就是那一瞬间发出的相当粗鄙的呵斥："蠢货！你在跟踪我吗？"

在左等右等毫无结果后，失望之余，我将赌注押在了一个无法摆脱的欲求上，那就是清晰地捕捉到老师可憎的面孔。最终我想出了下面一个计策，这是个既疯狂又孩子气，最重要的是，明明知道会给我带来不利的计策，可是我已经不能克制自己了。就连这种恶作剧会造成老师对我更大的误解都不去顾忌了。

我到学校去，跟柏木打听了那家夜店的地点和名字。柏木居然什么也不问就告诉了我。当天我立刻去了那家夜店，看见了好多明信片大小的、祇园艺伎的照片。

经过人工化妆的女人们的面孔，猛一看模样都差不多，但端详之下，渐渐可以看出气质上有着微妙的差异。透过白粉和胭脂的相同假面，便窥见多彩的色调：阴暗的和开朗的，聪明而智慧的或美丽而愚蠢的，爱搭不理的或热情似火的，不幸的或幸运的，等等。我好不容易找到了我所寻找的一张照片。这张照片在店里明晃晃的灯光下，光面相纸灿灿反光，我差一点看漏了。可是拿在我的手中，没有了反光，正是那个穿铁锈红大衣的女人。

“我要这张！”我对店员说。

我何以变得如此大胆，的确不可思议。准备实行这项计划之后，我一反常态地快活起来，因这无法描述的喜悦而勇气倍增，也很不可思议，这两个不可思议恰好互相呼应。我首先想到的是，趁老师不在的时候，偷偷把照片塞进报纸里，不让他察觉出是谁干的。可是，渐渐激昂起来的情绪，驱使我选择了让他清楚地知道是我干的这步险棋。

现在，我仍然负责给老师房间送早报。三月的清晨，还感觉有些寒冷，我像平时一样，到大门口去取了报纸。我从怀里掏出祇园艺伎的照片，夹在其中一张报纸里时，我的心跳加速了。

在前院的花坛中央，用一圈篱笆围着的铁树沐浴在晨曦中。它那粗糙的枝干，被朝阳勾勒出鲜明的轮廓。左侧有一株小菩提树。迟迟不回巢的四五只金翅雀绕着树枝嬉戏，发出揉念珠般的啾啾鸣叫。这个时候雀儿还在这儿，令我感到意外，不过，看到在朝阳辉映的枝头上，雀跃不停的黄茸茸的胸毛，它们确实是金翅雀。铺满白沙石的前院听不到声音。

粗略擦拭过的走廊上到处湿漉漉的，我小心地走着，尽量不把脚濡湿。大书院的老师房间紧闭着拉门。天还早，那拉门上的白色还是很醒目的。

我跪坐在走廊上，像往常一样大声问候：

“可以进去吗？”

听见老师答应，我拉开拉门走了进去，把轻轻折叠的报纸放在书桌一角上。老师正低头读什么书，没有看我的眼睛……我退出房间，把拉门关上，尽力镇定地沿着走廊，慢慢向自己的房间走去。

坐在自己的房间里，直到去上学的这段时间，我听任心脏跳动得越来越剧烈，从来没有这样抱着希望等待过什么。尽管是为引起老师的憎恨，才干出这下作的事，我的心竟然在幻想，人与人相互理解的戏剧性的热情洋溢的场景。

或许老师会突然来到我的房间，宽恕我吧？被宽恕的我，或许有生以来第一次像鹤川在日常生活中那样，获得那种纯洁无瑕的明朗感情。老师会和我紧紧拥抱在一起，余下的唯有叹息相知恨晚。

即便是短短一刻，为什么我会沉溺于这种荒唐的幻想，实在无法解释。冷静地想想，我是想靠这种无聊的愚蠢之举激怒老师，主动为他制造个借口，让他从住持继承者的候补里去掉我的名字，进而永远失去当金阁住持的希望，此时，我甚至忘却了对金阁长久以来的执着。

我竖起耳朵，倾听大书院的老师房间那边有什么动静，但什么声音也没有听见。

我猜想，这回等来的，将是老师的雷霆震怒、一顿臭骂。哪怕是被老师拳打脚踢，乃至头破血流，我也不会后悔。

但是，大书院那边静悄悄的，什么动静也没有听到……

那天早晨，快到上学的时候，从鹿苑寺出来后，我感觉很疲惫，打不起精神。去了学校，也听不进老师讲课，老师提问时，我答非所问，大家都笑我。我看见只有柏木漠不关心地望着窗外。他肯定察觉到了我内心的纷乱。

回到寺庙后，我也没有发现任何变化。寺庙生活的阴暗发霉的永久性，是为了今日和明日之间，绝不会出现任何差异或悬隔而制造出来的。今天正当每月两次的教典开讲之一，寺里所有人会齐聚老师的起居室听讲，我确信老师会借着讲解“无门关”，在众人面前刁难我。

我这样确信的理由如下：今晚开讲时，我打算和老师对面而坐，虽然这很不符合我的性格，却自以为可称之为一种男性的勇气。于是，老师会与此相应地表现出男性的美德，打破伪善，在寺里所有人面前，坦白自己的所作所为，然后再责问我的卑劣行径。

……在昏暗的灯光下，众僧手捧“无门关”讲义，聚于室内。夜间虽然寒冷，老师身旁只放着一个小手炉。我听见有人在吸溜鼻涕。低着头听课的老少僧人的脸，在灯影里朦朦胧胧，每张脸上都浮现出无精打采的神色。新进寺院的弟子，白天在小学里做教师，他的近视眼镜总是从瘦鼻梁上滑下来。

只有我一个人感到身体里充盈着力量。至少我自己这样感觉。老师翻开讲义后，环视众人，我的视线一直追着老师的视线。我想让他瞧瞧，我绝不会低下头的。但是，老师那双被富态褶皱环绕的眼睛，没有对我表现出任何兴趣，将视线从我脸上移到旁边人的脸上去了。

讲解开始了。我一心等着瞧瞧，老师讲到哪个地方，会突然转到我的问题上。我侧耳倾听着。老师尖细的声音无止无休。老师内心的声音，却一句也没有听见……

那天一整夜，我都不能入眠。我蔑视老师，想嘲笑他的伪善，但是，渐渐冒出的悔恨，不能将自己一直置于这样的亢奋情绪中。我对老师的伪善所产生的轻视，以奇妙的形态与我的懦弱相结合，最终使我意识到，既然知道了他是个微不足道的对手，那么即便向他道歉，也不算是我的失败。我的决心一度爬上陡坡，又飞快地往下跑了。

我想明天一早就去向老师道歉。到了早晨，我又想今天之内向他道歉。从老师的表情上，依然看不出什么变化。

那是一个风声呼啸的日子。我从学校回来，随手打开了书桌的抽屉，看见了一个白纸包。打开一看，是那张照片，白纸上一个字也没有写。

看来老师打算用这个方式来了结这件事。虽然他没有明说对此事不追究，但似乎是想让我明白，这一招是无效的。不过，归还照片的这种奇特方式，突然使我的想象力蜂拥而来。

“看来老师也很苦恼。”我想，“他一定是冥思苦想，才终于想出这么一招的。现在他确实很恨我。大概老师并不是憎恨那张照片，只是这么一张照片，让老师在自己的寺庙里，也不得不避人耳目，趁着无人的时候，蹑手蹑脚地穿过走廊，进入从不曾去过的弟子房间，就像偷窃似的打开我的书桌抽屉。正是由于不得不做出这样龌龊的事，老师现在有了憎恨我的足够理由。”

想到这儿，我胸中突然迸发出一股巨大的喜悦。然后我进行了愉快的作业。

我用剪子将女人的照片剪碎，用结实的笔记本纸包了两层，紧紧握在手里，来到金阁旁边。

在寒风簌簌的夜空下，金阁一如既往地充溢着阴郁的平衡耸立在那里。肃穆林立的细柱映在月色之下，有如一根根琴弦，因此金阁有时看上去像一个巨大而奇特的乐器。由于明月的高低不同，会使人产生这种错觉，今夜正是如此。但是，风徒然地从绝不会发出鸣响的琴弦空隙间吹了过去。

我捡起脚边的小石头，包在纸片里拧成小纸包，将这个包着女人照片碎片和石头的纸团，投入了镜湖池中心。缓慢扩展开去的涟漪，逐渐到达了站在岸边的我的脚下。

*

我在那年的十一月突然出走，就是这些事情累积起来的结果。

日后回想这件事，看似突然的出走，也是经过很长时间的深思熟虑和犹豫彷徨的，但我喜欢把它看作因突然心血来潮而采取的行为。因为在我的内心，缺乏某种根本性的冲动，所以特别喜欢模仿冲动。譬如，有个人头一天晚上，计划第二天去给父亲扫墓，可是到了第二天，他离开家门，来到车站前的时候，突然改变了主意，跑到酒友家去了，像这种情况，能说他是个纯粹冲动的人吗？他突然改变主意，难道不是比之前长时间为扫墓做准备，更为有意识的、对自己的意志施行的报复行为吗？

我出走的直接动机，是因为在前一天，老师第一次以决绝的口气，明确告诉我：

“为师确实曾打算将来由你来接替我，但是，现在明确告诉你，为师已经不这样打算了。”

虽说被老师这样宣布是第一次，但我很早就预感到会这样，已有了思想准备，所以并觉得多么意外。况且，事到如今，更不会大受刺激，惊慌失措了。尽管如此，我还是愿意这样想：自己出走，是因为受老师这番话的打击，冲动之下，一走了之的。

我通过送照片之策，确认了老师憎恨我之后，我的学业明显地日渐荒疏。预科一年级的成绩最好的是现代汉语和历史，都是八十四分，总分七百四十八分，八十四人中排名第二十四。总课时四百六十四小时中，缺课不过十四小时。预科二年级的成绩总分是六百九十三分，名次下降到七十七人中的第三十五名。不过，我没有钱出去消遣，只是因为贪玩，懒得去上课，才开始逃学的。这是三年级之后的事，这个新学期正好是照片事件之后开学的。

第一学期结束时，校方给我提出了警告，老师也训斥了我。成绩不好，缺课时间多，固然是挨训的理由，但最让老师生气的是，一个学期里只有三天的接心课[1]，我竟然一天也没有上。学校的接心课，分别安排在暑假、寒假和春假之前各一天，诸事皆与专门道场同样的形式进行。

老师专门把我叫到他的房间里训斥，是个罕见的机会。我垂着脑袋，一声也不吭。我一心等待的，只是那一件事，然而老师对照片事件也好，娼妓来闹事索赔一事也好，都是一字未提。

从这时候起，老师对我态度明显地冷淡了。其实这正是我所期望的结果，是我希求看到的证明，也是我的一个胜利。而且，想获得这些，只要逃学就够了。

三年级的第一学期，我旷课达六十多个小时，这是一年级三个学期旷课总数的五倍左右。旷这么多课时，我既没有用来读书，也没有钱花费在娱乐上，除了偶尔同柏木闲聊，都是一个人闲待着。可以说大谷大学的回忆，等于是无为的回忆，我总是沉默不语，独自什么也不做地待着。这种无为，也算是我自创的一种接心吧。这样无所用心之时，我片刻也不感到无聊。

有时，我会坐在草地上，一连几个小时，瞧着蚂蚁搬运一粒粒红土去筑窝的情景。并不是蚂蚁引起了我的兴趣。有

1　接心，禅宗的僧人讲解禅的教义。也指相隔一定期间，专门召开的坐禅会。

时，我也会望着学校后面的工厂烟囱里冒出的淡淡黑烟，呆呆地看好长时间。并不是冒烟让我感兴趣……我恍惚觉得，整个身子都沉没在自己这个存在中。外界无处不是冰冷的或者炎热的。怎么说好呢？外界既斑驳陆离，又条纹纵横。自己的内在和外界之间，不规则地缓慢地交替轮换。四周无意义的风景映在我眼里时，又闯入我的内心；没有闯入的部分，则在远方不停地闪烁着。那闪烁着的东西，有时是工厂的旗帜，有时是土墙上不值一提的污点，有时是被扔在草丛中的一只旧木屐。所有这些东西，都在我心中瞬间出现，又瞬间死去了。应该说，是所有未成形的思想吧……重要的东西总是与微不足道的东西携起手来，比如今天报上报道的欧洲的政治事件，就和眼前的旧木屐貌似有着割不断的联系。

我曾经长时间地思考过一片草叶尖端的锐角问题。说思考过并不恰当。这种莫名其妙的零碎念头绝不可能持续，而是在说不清是活着还是已死的我的感觉上，犹如乐曲的副歌般，执拗地反复出现。这片草叶的尖端，为什么必须是这么尖锐的锐角呢？如果是钝角的话，草的种类就会消失，自然就必将从那个角开始崩溃吗？如果拆掉大自然齿轮的微小零件，就能够颠覆整个大自然吧？于是，为了探究这个方法，我徒劳无益地胡思乱想起来。

……老师训斥我的事很快传了出去，寺庙的人对我的态度一天比一天恶劣了。曾经妒忌我升大学的那个师兄弟，总是面带自得的冷笑看着我。

从夏天到秋天，在寺院里，我每天几乎不与人交谈。出走的前一天，早晨，老师命副司叫我去见他。

那是十一月九日的事。我正要去学校，所以穿着校服去见老师。

因见到我，还不得不跟我说话的不快，老师那张富态的脸，异样地紧绷着。而我看到老师的眼睛，就像看麻风病人似的望着我的时候，感到无比痛快。这正是我所期望的充溢着人情味儿的眼睛。

老师马上移开了视线，一边在手炉上搓着手，一边说起话来。他那柔软的手心相互摩擦的声音虽然轻微，却在初冬清晨的空气中，发出破坏清澄的刺耳之音。令人感到和尚的肉与肉之间过于亲密了。

“你去世的父亲，想必是特别伤心吧。你看看这封信，校方又告你的状了。你这样下去，以后可怎么办呢？你自己要好好想想啊。”……接下来，他说出了那句话，“为师确实曾打算将来由你来接替我，但是，现在明确告诉你，为师已经不这样打算了。”

我久久沉默着，最后开口说道：

“这就是说，老师已经抛弃我了？”

老师没有立即回答。然后才说：

“你做得那么绝情，还不想被抛弃吗？”

我没有回答。过了一会儿，我不知怎么，结巴着转到了别的事情上。

“老师对我已经无所不知了。我对老师的事，也是一清二楚。”

“知道又怎么样？”老师的目光阴暗下来，“什么用也没有，对你没有任何好处！”

此时老师脸上露出彻底抛弃现世的表情，这是我从未见过的。我从未见过像他这样对生活的细枝末节、金钱、女人，乃至所有一切无不染指，却露出这般蔑视现世的面孔……我感到十分恶心，就像摸到了还有血色的没有冰冷的尸体。

这时，我心中涌起了想远离自己周围所有东西的迫切感，哪怕是暂时的。从老师的房间退出来后，我仍然在思考着这个问题，这个念头越来越强烈了。

我把佛教辞典和柏木赠送我的尺八包在包袱皮里，拎起书包和这个包裹，赶往学校。一路上，我一门心思琢磨着出走的事。

一进校门，恰好看见柏本走在我前面。我抓住柏木的胳膊，把他拉到路边，提出要借三千日元，并要他收下佛教辞典和他送我的尺八，多少算是一点补偿。

柏木脸上不见了平日诡辩时那种哲学式的爽快。他眯起眼睛，用让人看不透的眼神望着我说：

“你还记得《哈姆雷特》中，雷欧提斯的父亲是怎样忠告儿子的吗？他说：‘不要向别人借钱，也不要把钱借给别人。钱一旦借出去就没有了，朋友也会失去。’”

“我没有父亲了。不借就算了吧。”我说。

“我还没说不借你呢。这事得慢慢商量一下。现在我手里的钱都凑出来，还不知道有没有三千日元呢。”

我不由得联想起插花师傅告诉我的、柏木从女人那儿骗取钱财的手腕，本想戳穿他，还是忍住了。

“咱们先想想，怎么卖掉这本字典和尺八吧。”

柏木说完，立刻转身往校门走去了，我也跟着转身，放慢脚步跟他并肩而行。柏木告诉我，那个“光俱乐部”[1]的学生总经理，因涉嫌地下钱庄被逮捕，九月被释放后，信用直线下降，眼下已是一蹶不振。从今年春天开始，光俱乐部总经理就引起了柏木的极大兴趣，不断进入我俩的聊天话题里。然而，坚信他是社会强者的柏木，还有我，都没有想到，仅两周之后他就自杀了。

“你借钱干什么用？”

柏木突然这么问，我觉得不像是柏木会提出来的问题。

“我想随便去个地方散散心。”

1　光俱乐部，是日本战败后的混乱时期，东京大学法学部三年生山崎晃嗣经营的高利贷金融公司。昭和二十四年十一月，因违法而负债倒闭，山崎服毒自杀。三岛由纪夫的小说《青涩时代》便是以此为素材。

“还回来吗?”

“大概吧………”

“我看你就是想逃避什么。”

“我想逃避周围的一切，逃避周围的东西散发出来的无力的气味……老师也是无力的，极其无力的！这个我也知道了。”

“也想逃离金阁吗?”

“当然。也想逃离金阁。”

“金阁也无力吗?”

“金阁不是无力的。绝不是无力。但它是一切无力的根源!”

“也只有你这种人会这么想。”

柏木说完，迈着他那夸张的舞蹈步走在人行道上，并非常愉快地啧了一声。

柏木带着我走进了一家冷清的小古董店，把尺八卖掉了。只卖了四百日元。接着去了旧书店，好说歹说把辞典卖了一百日元。然后柏木让我跟他回住处，去拿剩下的二千五百日元。

在此，他提出了一个有趣的建议。尺八算是物归原主，辞典本是礼物，两样东西都曾归他所有，所以卖这两样东西所得的五百日元，自然也是柏木的钱了。二千五百日元，再加上这五百日元，此次借款当然是三千日元了。他希望利息每月一成，直到全部归还为止。比起“光俱乐部”三成四厘的高利贷月息来，简直是超低优惠了……柏木拿出了纸和砚台，郑重其事地把上述借款条件写在纸上，并让我在借条上按了指印。我一向厌烦思考将来的事，当即用大拇指，摁上印泥按了指印。

……我心里很急迫。把三千日元揣进怀里，一走出柏木的住处，就乘上电车，在船冈公园前下了车，跑上了通向建勋神社的弯弯曲曲的石阶。我是想去那儿求一支签，占卜旅途安否。

刚登上石阶，只见右侧是义照稻荷神社的刺眼的朱红色神殿，以及铁丝网围着的一对石狐。石狐嘴里叼着寿司卷，竖起的尖耳朵里也涂了朱红色。

那是个日光暗淡、凉风飕飕的日子。脚下的石阶颜色，就像落了一层细细的灰，这是树荫透下来的微弱光线的颜色。由于那光线太弱，看上去像是肮脏的灰色。

一口气跑上建勋神社宽大的前院时，我已经汗流浃背了。有一段石阶通向正面的前殿。平坦的石板地延伸到石阶。从石板地左右两侧低低交错的松树，覆盖在参道上方。右侧是陈旧木板墙的神社事务所，门上挂着“命运研究所”的牌子。从事务所往前走，靠近前殿的地方有一个白色仓库，从这里开始种了一排稀疏的杉树，冰冷的蛋白色乱云，蕴含着阴郁的光，在天空飘飞，京都西郊的群山尽收眼底。

建勋神社是以信长[1]为主神，以信长的长子信忠为副祀神的神社。虽是一座简朴的神社，但环绕前殿的朱红色栏杆平添了几分色彩。

我登上石阶，参拜之后，从搭在功德箱旁边的架子上，取下一个旧六角木盒。我摇了摇木盒，从孔里摇出了一支削得很细的竹签。竹签上只有墨写的“十四”二字。

我转身往回走，嘴里边念叨着“十四……十四……”，边走下石阶。我觉得这数字的发音，仿佛停留在我的舌头上，慢慢生出意义来了。

我在神社事务所门前，请求占卦。一个像是在厨房干活的中年女人，用脱下来的围裙一个劲地擦着手走了出来，面无表情地接过我递给她的十日元占卦钱。

“几号？”

“十四号。”

“请在那个廊子上稍候。”

我便坐在檐廊上等着。在等候的时间里，我觉得自己的命运，将由那女人那双湿漉漉的皲手来决定，真是毫无意

1　即织田信长（1534—1582），战国时代、安土桃山时代最强大的大名（诸侯）。这位出身于尾张国（名古屋）的大名，因屡建奇功而威震天下，推翻了统治日本两百多年的室町幕府，并使自应仁之乱起持续百年以上的战国时代走向终结。却在即将一统全国前夕，于京都本能寺之变中，因心腹家臣明智光秀谋反而自杀。

义。可是，自己就是为了这份无意义的赌注才来的，这样也不算坏。关闭的拉门里，响起拉开涩旧的小抽屉时，金属环的嘎啦嘎啦声，还有翻纸页声。良久，拉门开了一条小缝，递出一张薄纸来，

“好了，给您。”

女人说完，就关上了拉门。纸的一角被女人的手指弄湿了。

我一看，纸上写着“第十四号，凶”。

卦签是：

“汝于此间者遂为八十神所灭，将遭烧石、速矢等劫难，大国主命神尊御祖神教示，应离开此国，悄然逃避之兆。”[1]

这意思是说，诸事皆不如意，前途充满不安。我没有害怕。继续看了下面一段里诸多项目中的“旅行”一项：

“旅行——凶。尤以西北方不吉。”

我便决定去西北方向旅行。

*

开往敦贺的列车，是上午六点五十五分从京都站发车。寺里是五点半起床。到了十日早上，我一起床就换上了校服，

1　出自《古事记》上卷的大国主命物语。

没有人觉得可疑。因为人人都习惯于对我视而不见了。

黎明时的寺里，四处可见在清扫或擦拭的人。六点半以前是扫除的时间。

我开始打扫前院。我的计划是：连一个书包也不带，犹如从这里凭空消失一样出去旅行。我和扫帚在朝霞满天的白蒙蒙的石子路上晃动着。突然扫帚倒下了，我的身影消失了，只留下了昏暗中的白石子路。这样出走是我一直以来的梦想。

由于这个缘故，我没有向金阁告别。因为我必须从包括金阁在内的整个环境中，被突然夺走。我慢慢地朝向山门那边打扫过去。透过松树梢间隙，能看见晨星在眨眼。

我的心怦怦乱跳起来。我该出发了。这句话，可以说已经振翅待发了。无论如何我也要从我的环境中，从束缚着我的美的观念中，从我的坎坷境遇中，从我的口吃中，从我的存在条件中出走。

扫帚从我的手里掉在黎明前的草丛中，就像果实从树上坠落一样自然。在树木掩护下，我轻手轻脚地走向山门，一出山门，便狂奔起来。首班市营电车进站了。我坐在稀稀落落的工人模样的乘客中间，心情畅快地沐浴着车厢内明亮的灯光，感觉自己好像从来没有来过这样充满光明的地方。

关于这次旅行的细节，我至今还历历在目。我并不是漫无目的地出走的。目的地，我选择了中学时代曾经修学旅行过的地方。但是，当渐渐接近那里的时候，由于出走和解脱的欲求过于强烈，在我的前方仿佛只有未知的世界。

火车走的这条路线，是开往我的故乡的熟悉路线。可是，在我的眼里，从来没有觉得，这列熏黑的老旧列车是如此新鲜而新奇。车站、汽笛，就连清晨时扩音器发出的混浊回音，都在重复着同一种感情，不断使之强化，在我眼前展开了一片让人赏心悦目的抒情美景。旭日将宽阔的月台分成一段一段的。奔跑在月台上的皮鞋声、清脆的木屐声、一直单调地响个不停的铃声，从车站小贩的篮子里拿出来的黄色蜜橘……所有这一切，仿佛都是我所委身的庞然大物的一个个暗示、一个个先兆似的。

车站上无论多么细微的碎片，都被聚集到别离和出走合二为一的情感中。我俯视着向后退去的月台，后退得简直太大模大样、太彬彬有礼了。我感受到，这种钢筋水泥的无表情平面，由于人们不断地从那里移动、分离、出发，而变得多么耀眼夺目啊！

我信赖火车。这是很可笑的说法。虽然是可笑的说法，但自己的位置是从京都站开始，一点点向远方移动着，为了葆有这种难以置信的感觉，我也只能这样说。在鹿苑寺的夜晚，我无数次听到过，货车从花园附近驶过时发出的汽笛声，而今我竟然乘上了这样不分昼夜地疾驰的列车，奔向我的远方，真是不可思议啊。

火车沿着我以前和生病的父亲一起看过的群青色保津峡奔驰着。从爱宕山脉和岚山西侧到园部一带的区域，也许是受气流影响，与京都市的气候截然不同。十月、十一月、十二月期间，夜晚十一点至次日上午十点左右，从保津川升腾的雾霭，很守规矩地笼罩了这个地方。那雾霭不断流动着，几乎没有中断的时候。

田园风光朦胧地展现在眼前，收割后的田地看上去像是霉绿色。田埂上的稀疏树木，有高有低有大有小，高处的枝叶被修剪过，细树干都用当地被称为“蒸笼”的稻草捆扎着，这些景致依次出现在雾霭中时，宛如树木的幽灵。有时候，在视野模糊的灰色田地的背景中，忽而一棵非常清晰的大柳树，出现在车窗近前，湿透的叶子沉甸甸地垂着，在雾霭中微微摇曳。

离开京都时，我的心是那样充满活力，现在又被引向了对死者们的追忆。对有为子、父亲和鹤川的怀念，在我心中唤醒了说不清道不明的温情，我怀疑自己，是不是只能把死者当作人去爱呢？话又说回来，死者与生者相比，有着多么让人喜爱的形象啊！

在乘客不多的三等车厢里，也有一些难以获得爱的生者在一刻不停地抽烟，或是剥蜜橘皮。几个公共团体的老干事，在邻座大声地说着话。他们都穿着难看的旧西装，其中一个人的袖口还露出了开绽的条纹里子。我再次感到，平庸这东西，并不是随年龄的增长而有所减少的。那些农民打扮的人的黝黑而皱纹纵横的脸，同嘶哑的烟酒嗓一起，展示了一种可谓之平庸的精华的东西。

他们正在议论人们提出的应该让公共团体捐款的建议。一个沉稳的秃头老人没有加入议论，一直不停地用不知洗过多少遍的发黄的白麻手绢擦着手。

“瞧这双黑手，是被煤烟给弄脏的，这可怎么办？”

有个人跟他搭话，

“关于煤烟问题，您是不是给报社投过稿？”

“没有，没有，”秃头老人否认，“这可怎么办啊。”

我漫不经心地听着。我听到他们不时提到金阁寺和银阁寺的名字。

必须让金阁寺和银阁寺更多地捐款，是他们的一致意见。尽管银阁的收入只是金阁的一半，也是很大一笔金额啊。就拿金阁来说吧，每年的收入估计在五百万日元以上，可是寺庙生活多为清贫禅门用度，即便加上水电费，一年不过花费二十余万日元。那么余下的钱干什么用了呢？一涉及这个话题，大家七嘴八舌地说起来。有人说，寺庙给小和尚们吃冷饭，老和尚独自每晚去祇园寻欢。由于寺庙不用上税，等于享受治外法权。像那种地方，就应该不例外地要求他们捐款。

那秃头老人仍然用手绢擦着手，每当大家一停顿，他就开口说一句：

“这可怎么办啊。”

这句话就成了大家的结论。经过又是擦又是搓的，老人手上连一点煤烟痕迹都没有了，散发出项坠般的光泽。实际上，这双刚刚擦出来的手，不如说是手套更准确。

说来也怪，这是我第一次听到的来自社会的批评。我们属于僧侣的世界，学校也在那个世界里，寺庙之间从不互相批评。但是，老干事们说的这些话，丝毫没有令我感到吃惊。这些都是不言自明的事情！我们的确是在吃冷饭。老师的确经常去祇园消遣……不过，对于被老干事们用这种理解方式来理解，我不禁有种莫名的厌恶感。我不能忍受用“他们的语言”来理解我。“我的语言”与“他们的语言”是不同的。希望诸位能想起，即使看到老师和祇园的艺伎走在街上，我也不曾被任何道德上的厌恶所缚。

由于这个缘故，老干事们的谈话犹如平庸的残香一般，在我的心里只留下轻微的厌恶，随风飘散了。我无意仰赖社会支持我的思想，也无意将为了让人们容易理解而制定的规范，强加给自己的思想。正如我反复说过的那样，不被人们理解，才是我存在的理由。

……车厢的门突然打开了，嗓音沙哑的小贩，胸前挂着个大篮子上来了。我忽然感到肚子饿，买了满满一盒像是用海藻做的绿色面条吃了。雾已经散了，天空还是灰蒙蒙的。丹波山脚下的贫瘠土地上，渐渐出现了种植了楮树的造纸人家。

舞鹤湾，这个名字还是像过去一样令我激动万分，不知是为什么。从我在志乐村度过童年时，它就是看不见的大海的总称，最后变成了“大海的预感”这个名字。

那看不见的大海，从志乐村后面高耸的青叶山顶上，也可以清楚地看见。我曾两次登上过青叶山。第二次登山时，我们恰好看见了已开进舞鹤军港的联合舰队。

停泊在波光粼粼的海湾内的舰队，说不定是在秘密集结吧。凡是与这支舰队相关的事都属于军事机密，以至于我们一直怀疑这支舰队是否真的存在。因此，远远望见的联合舰队，看上去就像只知道鸟名，只是在图片上见过的、气势威严的黑色水鸟群，并不知道自己被人类窥视，在威风的老鸟严密保护下，在那里悄然戏水一样。

……下一站是“西舞鹤”，乘务员一边报站一边走过去的声音把我吵醒了。现在，乘客中已经没有匆忙挑起行李的水兵了。准备下车的人，除了我以外，只有两三个做黑市买卖打扮的男人。

一切都改变了。那里已经变成了外国的港口城市，英文的交通标志，威风凛凛地立在各个街角，非常醒目。许多美国兵往来于街头。

初冬的天空阴沉沉的，寒冷的微风带着咸味，从宽阔的军用公路上刮了过去。散发出与其说是海的气味，不如说更像是无机物的铁锈般气味。深深导入街市中心的运河般狭窄的海，那死气沉沉的水面、系在岸边的美国小舰艇……这里的确是和平的，但是过分细致的卫生管理，反而夺走了军港曾经的热闹杂沓的肉体活力，把整个街市变成了医院似的。

我并不想在这里与海亲切地见面。吉普车从后面驶来，半开玩笑地把我撞进海里也说不定。现在我才发现，这次旅行的冲动，是大海的暗示使然，那片海，恐怕不是这样的人工建造的港湾，而是幼年时，我在成生海角的故乡接触的那种原生态的波涛汹涌的大海。因为那是皮糙肉厚的、总是含着怒气的、焦躁不安的日本海。

所以我决定去由良。夏天，因海水浴而热闹非常的海滨，在这个季节也一定很冷清，只有陆地和大海之间，以黑暗的能量在互相恶斗。我的腿模糊地记得，从西舞鹤到由良，大约要走十多公里的路。

那条路是由舞鹤市沿着海湾底部向西去，与宫津线呈直角相交，再往前走不远，越过泷尻岭，便到达由良川。过了大川桥之后，沿由良川西岸北上。然后就跟着河流，一直走到河口。

我从街里出发，走了起来……

渐渐地走累了，我问自己：

“由良到底有什么呢？我是为了找到什么证据，这样拼命地走呢？那里不是只有日本海和不见人影的海滨吗？”

但是，我的脚没有想停歇的意思。不管去哪儿，也不管是哪儿，我都要走到那里。我要去的地方叫什么名字，没有任何意义。我心中产生了一股不管三七二十一，也要直面所到之处的近似不道德的勇气。

微弱的阳光时而露头，我被路旁的高大山毛榉树荫引诱着，不知什么缘故，我觉得时光荏苒，没有时间歇息。

随着临近开阔的流域，起伏的山景渐渐变得平坦了，由良川从峡谷间突然现了身。河水蓝莹莹的，河面很宽阔，但水流很缓慢，仿佛是在阴沉沉的天空下，很不情愿地被运向大海似的。

一来到河的西岸，川流不息的汽车和行人都没有了。路边不时看到一片片夏橘园，却不见一个人影。那里有个名叫和江的小村庄，也是看不到人，突然听见拨开草丛的哗啦哗啦声，原来是一条黑鼻尖的狗伸出脑袋来。

我知道这一带的名胜，要数经历传奇的山椒大夫[1]宅邸遗址。我不打算顺路去那里，所以不知不觉从那宅邸门前走

1　山椒大夫，居住在丹后国（现在京都府北部）加佐郡由良的、横行霸道的富人。常常成为小说、戏剧的题材，文豪森鸥外写过同名作品。

过去了。也许是只顾着看河水吧。河中有一片竹林环绕的大沙洲。我一路走来都没有刮风，可是，沙洲上的竹林在随风摇摆。沙洲上有一两公顷靠雨水耕作的水田，却看不到农夫，只看见一个背向这边垂钓的人。

终于看见了人影，使我感到亲切。

“他是在钓鲻鱼吧。要是在钓鲻鱼，就说明这儿离河口已经不远了。”

我这么想着，剧烈摇摆的竹林发出的唰唰声盖过了河流声，那边看似起了迷雾，其实是在下雨。雨滴打湿了沙洲干透的河滩。就在这时，雨点也落在了我的头上。我站在雨中，望见沙洲上已经不下雨了。垂钓人仍然像刚才那样坐在原地，一动也不动。这时，我这边的阵雨也停了。

每当走到拐弯处，就会被芒草和秋草遮住视野。不过河口即将出现在我的眼前，因为我感受到了凛冽的海风扑面而来。

接近由良川的尽头，袒露出了几片光秃秃的沙洲。河水正渐渐地接近大海，虽有海潮冲刷，但水面越来越平静，没有浮现出任何兆头。就像一个昏迷后再没有醒来的人一样。

河口出乎意料地狭窄。在这里与河水相互融合又相互侵犯的大海，与乌云堆积着的天空混为一体，曚昽不清地横亘在那里。

为了触摸大海，我必须迎着从原野、田间刮过来狂风，再往前走上一段路。寒风横扫了北边的海。如此狂野的风，徒然耗费在这不见人影的原野上，是为了大海。狂风可以说是覆盖着此地冬天的气体之海，是命令般的、支配般的、看不见的大海。

河口对面涌动着的千层海浪，徐徐展示着灰色海面的开阔。河口正面浮现出了一个礼帽形状的小岛。它就是离河口三十多公里的冠岛，是自然保护鸟类大水雉鸟的栖息地。

我踏进了一块田地。环顾四周，这是一片荒凉的土地。

这时，某种意义从我心中一闪而过。这闪念稍纵即逝，意义消失了。我停下了脚步，刮来的寒风夺走了我的思考。我又迎着寒风继续向前走。

贫瘠的田地渐渐变成了遍地石头的荒地，野草已半干枯，尚未干枯绿色只是贴在土地上的苔藓样的杂草，这种杂草的叶子也卷曲着，干枯了。那片地已经是沙土地了。

颤抖般的低沉声音不知从哪里传来，终于听到了人声。这声音是在我不由自主地背朝大风、仰望背后的由良岳时听到的。

我寻找起了发出声音的地方。要下到海滨，有一条顺着悬崖低处走下去的小道。这时我才发现，为了抵御海水侵蚀，那里正在进行小规模的护岸作业。白骨似的钢筋水泥柱横七竖八地躺在沙滩上，那崭新的钢筋水泥柱的颜色显得很扎眼。颤抖般的低沉声音，原来是搅拌机将水泥灌入模具里时发出的震动声。四五个鼻头通红的工人，惊讶地看着穿着学生服的我。

我也瞥了他们一眼。这样就算互相打招呼了。

大海从沙滩开始骤然陷成了研钵形。我踏着花冈岩沙子，朝着海岸线走去的时候，喜悦之感再次涌了上来，自己正扎实地一步步走近了刚才心里一闪而过的某种意义。海风冰冷，没有戴手套的手快要冻僵了，但这根本算不了什么。

这里不愧是日本海啊！不愧是我的所有不幸和阴暗思想的源泉，是我的所有丑陋和力量的源泉。大海在汹涌翻腾。海涛一浪接一浪地滚滚而来，前浪与后浪之间，可以窥见畅通无阻的灰色深渊。层层叠叠盘踞在昏暗的海面上空的积云，让厚重与纤细拼合一体。因为无边无界的厚重积云，连接着无比轻盈而冰冷的羽毛形状的花边，围绕着其中央似有似无的淡蓝色天空。铅色的海，背靠着黑紫色的群山。所有这一切，都具有动摇和不动、不断活动着的黑暗力量和矿物一样凝结的感觉。

我忽然想起了初次见到柏木那天，他对我说过的话。“我们会骤然变得残暴，其实是很平常的瞬间，比如在这样阳光明媚的春日午后，坐在精心修剪过的草坪上，茫然望着叶影摇曳的时候。”

此刻，我正面朝着汹涌的海浪和猛烈的北风。这里没有明媚春天的下午，也没有修剪过的草坪。可是这荒凉的自然，比春天午后的草坪更讨我欢心，是我的生存中最可亲的东西。在这里我是自足的。我没有受任何东西的威胁。

突然出现在我脑海里的念头，是否像柏木说的那样，就是残忍的念头呢？不论怎样，这种念头突如其来地在我心中萌生，昭示了刚才不断闪过的意义，明晃晃地照亮了我的内心。对此我还来不及深入思考，就像是被光闪了一下，那个念头只是在我心中一闪而过。但是，迄今从未想过的这个念头，它在萌生的同时，力量骤然增加，体积也增大了。毋宁说，我已经被它紧紧包裹了。那个念头就是：

“必须把金阁烧掉！”

第八章

然后我又继续往前走，来到了宫津线的丹后由良站。东舞鹤中学的修学旅行时，走的也是同一条路线，从这个车站乘车回去的。站前的马路上，也是看不到几个行人。因为这地方主要是靠夏天短暂的旅游旺季来维持生计的。

我想在一个挂着“海水浴旅馆由良馆”招牌的站前小旅馆住下。打开玄关的毛玻璃门，打了一声招呼，没人回应。木板台阶上落着一层灰尘，关着木板套窗的屋内黑乎乎的，听不到一点动静。

我绕到了后院。那里有一个菊花已枯萎的素朴小园子。有个水槽安在高处，挂着喷头，那是给夏季游泳回来的房客冲洗身上沙子用的。

不远处有座小房子，像是旅馆主人一家住的。从关着的玻璃门里传出收音机的声音。声音放得很大，听着更觉空荡荡的，反而觉得里面没有人了。果然这里也没有人，我就在放着两三双木屐的玄关里等着，趁着收音机间歇时，大声招呼一声。

背后出现了一个人影。这时，由于阳光从阴沉的天空曚昽地透了出来，我注意到了玄关的木屐箱上的木纹在反光。

一个皮肤白皙的胖女人——身体轮廓就像是融化后淤出来的那么胖——正用似有似无的小眼睛看着我。我表示想住宿。女人连一句“请跟我来”都没说，转身朝旅馆玄关走去了。

……她给我安排的房间在二楼的一角，窗户面向大海的小房间。女人端来的手炉那点热气，将关了好久的房间里的空气一熏，使得那股霉味愈加无法忍受。我打开窗子，让北风吹进来。大海那边，和之前一样，不是要表演给谁看的、云层那缓慢而沉重地嬉戏仍然持续着。云层仿佛是自然的毫无目标的冲动的反映。而且必然能从其中的一部分之中，看到机敏而理智的蓝色小结晶体——青空的碎片。看不见大海。

……我站在窗边，又冒出了刚才那个念头。我问自己：为什么没有在想烧毁金阁之前，想到要把老师杀死呢？

在那之前，我也并非丝毫没有冒出过想杀死老师的念头，但很快意识到那是徒劳无益的。为什么呢？因为我知道纵然把老师杀掉了，他的那个和尚头和他那无力的恶，还是会源源不断地从黑暗的地平线上生出来的。

大凡有生命的东西，不像金阁那样具有严密的一次性。人类不过是负担了大自然多种属性的一部分，用能够替代的方法来传播、繁殖它而已。假定杀人是为了消灭对象的一次性，那么杀人即永远的失算。我这样思考。金阁和人类的生存之间，就这样越发显示出了鲜明的对比。一方面，从人类容易毁灭的形象中，反而浮现出永生的幻想，而从金阁坚固的美之中，却呈现出毁灭的可能性。因为像人类那样mortal（终有一死）的东西，是不可能绝灭的。但像金阁那样永恒不灭的东西，是能够消灭的。人们为什么没有察觉到这一点呢？我的独创性是毋庸置疑的。假如我把明治三十年代指定为国宝的金阁烧毁，那便是纯粹的破坏，是无法挽回的毁灭，就等于切实减少了人类创造的美的总量。

这般浮想联翩的时候，我竟然产生了戏谑的心情。“要是把金阁烧掉……”我自言自语着，“这种行为会有显著的教育效果吧。因为人们会从这件事加以类推，学到‘永恒不灭’不具有任何意义。金阁长达五百五十年矗立于镜湖池畔，仅此是不能保证什么的。还能学到，我们的生存凌驾于其上的、不言自明的前提，即它说不定明天就会毁灭的这种不安。”

没错。我们的生存的确是被持续一定时间的凝固物包围着、确保着的。比方说，为了收纳之便，木匠制作的小抽屉，也会随着斗转星移，时间渐渐凌驾于该物体之形，历经几十年几百年之后，时间反倒凝固起来，化成了那个物体的形态似的。固定的小空间，起初被物体所占据，渐渐地变为被凝固的时间占据。那物体就成了某种精灵的化身。中世纪的《御伽草子》里有一篇《付丧神记》[1]，开头有这样一段：

> 《阴阳杂记》云，器物历经百年，化为精灵后，诓骗人心，号称付丧神。因之，世间习俗，于每年立春前夕，家家户户清理旧家具，弃置路旁，称之为扫煤烟。如此便可避开差一年不足百年的付丧神之害。

就像扫煤烟那样，我的行为可以让人们提防付丧神的灾难，从这种灾难中把他们拯救出来。我通过这种行为，将会把金阁存在的世界，推回到金阁不存在的世界去。世界的意义必将改变。

……越这么想，我感觉越快活。现在围绕在我周边的、我所目睹的世界的没落与终结，已经近在眼前。落日的余晖横扫大地，承载了披着灿烂霞光的金阁的世界，犹如从指缝漏下的沙子一样，一刻不停地漏着……

---

1 《付丧神记》，作者不详。室町时代的画卷，共二卷。讲述经过百年的器物，会化作妖怪，给人们带来灾难。

*

在由良馆只滞留了三天，我就不得不离开了，起因是老板娘看我这几天一步也没有出门，觉得可疑，就把警官找来了。一看见穿着警服的警察进了房间，我很害怕，以为计划泄露了，但马上意识到，没必要这么害怕。我如实回答了警察的问话，说我想暂时离开寺庙一段时间，才出走的，还给他看了学生证，并且故意当着警官的面，付清了旅馆住宿费。最后，警官以保护者的姿态，当场给鹿苑寺打了电话，确认了我所说的全都属实后，告诉寺院方面，他现在就把我送回寺庙。并且为了对我这个“还这么年轻的人”不造成伤害，他还特意换上了便服。

我们在丹后由良站候车的时候，下起了阵雨，没有顶棚的车站，转眼间就被淋湿了。警官陪着我走进了车站办公室。便服警官自豪地向我炫耀，站长和站务员都是他的朋友。不光是这样，他还对他们说我是他外甥，从京都来看他。

我理解了这类革命家的心理。那个乡间小站站长和警官，围着火苗熊熊的铁火盆说说笑笑，完全没有预感到迫在眉睫的世界动荡，以及他们的秩序即将崩溃。

“要是金阁被烧毁了……要是金阁被烧毁了，这些家伙的世界会变得面目全非，生活的金科玉律会被推翻，列车时刻表会被打乱，这些家伙的法律也会变成无效的吧。”

令我高兴的是，他们根本没有想到，就在自己的身边，一个未来的犯人，正若无其事地就着火盆烤火。活泼开朗的年轻站务员，大声吹嘘着下个休假要去看的电影。那是一部精彩的催人泪下的电影，但也不缺少热闹的打斗。下个休假去看电影！这个年纪轻轻，比我要健壮、活泼得多的青年，在下个休假要去看电影，然后搂着女人进入睡梦。

他不停地戏弄站长、开玩笑、挨训，这期间还忙着给火盆添煤，在黑板上写什么数字。差一点再度使我陷入生活的魅惑，或是对生活的妒忌。其实我也可以不烧掉金阁，从寺庙跑出来还俗，像他们这样陶醉在生活里的。

……但是，转眼间黑暗的力又苏醒了，把我从那里带了出来。我还是要把金阁烧掉。特别定做的、专门为我定制的、闻所未闻的人生，将会在那一刻开启。

……站长接了个电话，之后走到镜子前，把镶金边的制服帽端正地戴在头上。然后嗽了声嗓子，昂首挺胸，迈着出席仪式似的步子，走向了雨后的月台。片刻后，我要乘坐的列车沿着崖壁驶来，巨大的轰鸣声先一步传到了车站。那是从雨后山崖的泥土里传来的湿漉漉的轰鸣声。

*

傍晚，差十分八点到达京都后，我在便服警官的护送下，回到了鹿苑寺的山门前。那是个砭人肌骨的寒冷夜晚。穿过一片黑幽幽的松林，渐渐走近形状笨重的山门时，我看到母亲站在门前。

母亲恰好站在那个写着“以上规定务必遵守，如有违反，将依照国法进行处罚”的告示牌旁边。母亲头发蓬乱，在门灯的照射下，白发就像一根根倒竖着似的。母亲的头发并没有那么白，在灯光下才显得特别白。裹在头发中的瘦脸上没有表情。

母亲矮小的身体竟可怕地膨胀起来，显得无比巨大。母亲的背后敞着的山门里一片黑暗，在黑暗的背景前，母亲身着仅有的一件出门穿的和服，系着磨断了线的金丝腰带这身寒酸和服，加上穿得不成样子，看上去就好像站在那里死去的人似的。

我犹豫着放慢了脚步。我很纳闷母亲怎么会来这儿，后来才知道，老师知道我出走后，就打电话跟母亲打听我回家了没有。母亲吓坏了，就跑到鹿苑寺来，在这儿住了下来。

便服警官推了下我的后背。虽然离母亲越来越近了，却感觉她变小了。我俯视着母亲，她仰起头看我的脸，丑陋地扭曲着。

感觉从不曾欺骗过我。此时此刻，母亲那双深陷而狡猾的小眼睛，让我明白了自己对母亲的厌恶是有道理的。正如前面说过的那样，我对于从这个女人肚子里生出来感到极端厌恶，深受污辱的感受……反而使我与母亲绝缘，连报复她的余地都没有给我。然而绊索并没能解开。

……可是，此刻看着母亲深深沉浸在母性的悲叹之中，我突然感到自己自由了。我也说不清是为什么。只觉得母亲绝不可能对我有任何威胁了。

……母亲声嘶力竭地放声痛哭起来。冷不防，她伸出手对着我的脸颊，无力地掴了一巴掌。

“你这个不肖子！忘恩负义的东西！”

便服警官在一旁看着我挨打，没有插嘴。由于母亲的五根手指没有并拢，手用不上力，所以只感觉指甲像下雹子似的落在我的脸颊上。看到母亲打我时也没有忘记哀叹的表情，我把视线移开了。过了一会儿，母亲的语调变柔和了。

“那么远……你去那么远的地方，哪有钱呢？”

“钱吗？是跟朋友借的。”

“真的吗？不是偷来的？”

“当然不是偷的。”

母亲松了口气，看来这是她唯一担心的事。

“是吗？……真的什么坏事都没干吗？”

“没干坏事。”

“是吗？那就好啊。你一定要好好地向方丈认错，知道吗？虽说我已经一再向他道过歉了，可你也要真心实意地承认过错，请求宽恕才行啊。方丈是个通情达理的人，我想他会让你继续留在寺里的，要是你以后再不改邪归正，妈妈可就活不下去了！我说的是真的，你要是不想让妈妈死，就得好好改过自新，而且要做个了不起的和尚……好了，你赶快去跟方丈赔不是吧！”

我和便服警官跟在母亲后面，默默地走着。母亲竟然忘了向便服警官表示感谢。

我望着母亲系着软塌塌的腰带、迈着碎步走路的背影，暗自思忖，到底是什么使母亲变得如此丑陋呢？让母亲变得丑陋的东西……其实就是希望。那是一种不输给世上任何东西的、顽固皮癣般的希望，它是潮湿的、淡红色的、总是让人发痒的、寄居在肮脏皮肤上般的希望，是不可治愈的希望。

*

冬天到来了。我的决心越来越坚定了。计划虽一推再推，但我对这样拖延下去，并不感到厌倦。

回来后的半年间，令我苦恼的倒是另一件事。就是每到月底，柏木总要催我还钱，告诉我加上利息后的数额，每次总要叨叨几句难听的话。可是我已经没心思还钱了。要想避开柏木，不去上课即可。

一旦下了决心这么做，我就不再谈及摇摆不定或者徘徊不前的过程，对此诸位不必觉得不可思议。我再不会犹豫不决了。这半年来，我的眼睛一直注视着一个未来。在这期间，我已经感知到了幸福的意义。

最主要的是，我觉得寺庙生活变得舒服自在起来。一想到金阁早晚会被烧毁，难以忍受的事也觉得可以忍受了。就像预感到死亡的人那样，我对寺庙的人比以前要热情、豁达了，遇到什么事都变得谦让了。就连自然万物，我也与之和解了。冬天的早晨，小鸟们常常飞来啄食树枝上的落霜残果，它们的胸毛也让我感觉亲切。

甚至对老师的憎恨，我都忘却了！我从母亲和朋友的束缚中、从任何人的束缚中解脱出来，成了自由之身。但是，我还没有愚蠢到会产生下面的错觉：把这种新生活的愉快感，看作不用付出努力便可成就的世界的改观。无论什么事情，从结局这里去看，都是可以宽恕的。把从结局出发看问题的眼光，变成自己的眼光，而且感到决定其结局的主动权掌握在自己手里，这就是我的自由的根据。

虽说念头是突然产生的，但是烧毁金阁的企图，好比是给我量身定做的西服，实在太合身了。仿佛从我一生下来就立志要那样做似的。至少从跟着父亲，初次见到金阁的那天起，这个想法就在我的身体里孕育，等待着开花似的。金阁在我这个少年的眼里，是世所罕见的美，从这件事里，就可以找到我日后成为纵火者的种种理由了。

昭和二十五年三月十七日，我从大谷大学的预科毕业。第三天，即十九日是我的生日，满二十一岁了。预科三年级的成绩非常了得，名次是七十九人中的第七十九名。各科成绩最差的是国语，四十二分。旷课时数二百十八小时，超过总时数（六百一十六小时）的三分之一。即便如此，多亏了我佛慈悲，这所大学没有留级这一说，所以我能够升入本科。老师也默认了此事。

我疏于学业，将晚春到初夏这段美好时光，用在了去游览不收门票的寺庙或神社了。凡是能走到的地方，我都去了。其中一天发生过这样一件事。

我从妙心寺大街的寺前町走过时，发现前面走着一个和我同样步幅的学生。他到路旁一家老式低房檐的香烟铺买香烟时，我看见了帽子下面他的侧脸。

他白皙的侧脸棱角分明、双眉紧锁。看他的帽子，便知是京都大学的学生。他乜斜了我一眼，那视线如浓重的影子奔涌而来。我突然直觉到“他肯定是个纵火者”。

此时是下午三点。这个时刻根本不适合纵火。一只飞到柏油马路上来的蝴蝶，绕着香烟铺前小花瓶里插的一枝凋谢的山茶花盘桓不去。白山茶花枯萎的部分，变成了火烧过的茶褐色。公共汽车怎么也等不来，马路上的时间已经停止了。

我怎么会感觉这个学生，正朝着纵火的方向，一步一步地往前走呢？反正就是觉得他特别像纵火者。他竟然选择了纵火最困难的白天，朝着自己认定的行为，慢慢地往前走着。他的前方是大火与毁灭，他的身后是被他抛弃的秩序。从他那身校服的威严背影里，我感知到了。年轻纵火者的背影，就应该是这样的，或许我一直这样想象的。在阳光照射下，他的黑哔叽服后背上，已经覆盖了不祥的可怕兆头。

我放慢脚步，打算跟踪那个学生。走着走着，我恍惚觉得他那左肩稍低的背影，就是我的背影。他虽然比我好看多了，但肯定与我有着同样的孤独、同样的不幸、同样在美的妄念驱动下，去做同样的事情。不知何时，我尾随他时，仿佛预先看到了自己的行为。

晚春的午后，天气明媚而缱绻，往往容易发生这样的事。就是说，我变成了双重的，我的分身预先模拟了我的行为，让我清清楚楚地看到，当我决心行动时看不见的自身姿态。

公共汽车迟迟不来，公路上不见一个人影。正法山妙心寺的巨大山门越来越近了。两扇门扉敞开的，仿佛把所有的现象都吞了进去似的。从这里望去，就连敕使门和山门柱子的重叠形态、佛殿的甍瓦、茂盛的松树，再加上被鲜明地切割的一块蓝天，以及淡淡的几片薄云，都被吞入它那壮观的门框里。渐渐走近大门时，我看见宽阔寺内纵横交错的石板地、众多塔头的墙壁等无数东西，也加入了被吞并之列。而且跨进大门后将会明白，这神秘的大门，将全部苍穹和所有云彩尽收于门内。所谓的大寺庙，就是这样的地方。

学生跨进了大门。他从敕使门的外侧绕过去，在山门前的荷花池畔站住了，然后又站在横跨池水的唐式石桥上，仰望耸立的山门。我想："看来他纵火的目标，是那座山门了。"

那是一座壮丽的山门，极适合被熊熊火焰包裹。在这晴朗的下午，恐怕看不见火苗吧。它被滚滚浓烟缠绕，看不见的火焰舔舐着空中的情景，只有看到蓝天在扭曲地晃动，才会发觉吧。

学生一步步走近了山门。为了不被他察觉，我绕向山门东侧偷窥。此刻正是外出化缘的僧侣回寺庙的时候。从东边的小道，走来三个化缘归来的和尚，他们穿着草鞋，草笠挂在手臂上，沿着石板路，雁行而来。回到僧房之前，按照化缘的规矩，他们的眼睛只瞧着前方三四尺，互相不说话，毫无声息地走过我面前，向右边拐去。

那个学生还在山门旁磨蹭着。最后，他靠在一根柱子上，从兜里掏出了刚才买的香烟，心神不定地环顾四周。我猜他准是假装抽烟来点火。果不其然，他拿出一支烟叼在嘴里，脸凑近烟划着了火柴。

火柴的火苗，唰地闪出一簇透明的光。之所以我会觉得从学生的眼里看不见红色的火苗，是因为恰好午后的阳光照耀着山门的三个方向，只有我所在的地方处在阴影里。靠着荷花池畔的山门柱的学生，只看到火苗在眼前一闪，然后就被他用力甩灭了。

只是熄灭火柴，学生好像还不踏实，又仔细地将扔在石基上的烟蒂踩灭。然后，他愉快地抽着烟，抛下失望的我，过了石桥，经过敕使门旁，慢慢悠悠地走出了山门，山门外面的大街上拖着民房长长的影子……

原来他不是纵火者，只是一个在散步的学生。他不过是个有些无聊的、贫寒的青年。

对于目睹一切的我来说，很不欣赏他表现出的小心谨慎。又不是想放火，只是为了抽一支烟，就这么胆怯地左看右看。换句话说，学生之流小小逃避一点法规的喜悦，那种小心地踩灭已经息掉的烟蒂的态度，一句话，他的“文化素质”，尤其是后来的做法，我都非常不喜欢。正是因为这种不值一文的教养，他擦出的那点小火苗，被安全地管制了。他或许为自己是火柴管理人、是个对社会忠于职守的烟火监管者而自得吧。

京都城内外的古老寺庙，在明治维新以后很少失火，就是拜这种教养所赐。即使偶有失火，火势也会被切割、被分散、被控制，以前绝非如此。知思院在永享三年（1431）

失火，后来还多次蒙受火灾。明德四年(1393)时，南禅寺本院的佛殿、法堂、金刚殿、大云庵等均失过火。延历寺在元龟二年(1571)化为了灰烬。建仁寺在天文二十一年(1552)遭逢战火。三十三间堂在建长元年(1249)付之一炬。本能寺是在天正十年(1582)的战火中，被烧毁殆尽……

那时候，火与火是很亲近的。火不会像现在这样被分割、被扑灭，火每次都能和别的火携起手来，纠合起无数的火来。想必人也是同样的。火不论在哪里，都能呼唤其他的火，其呼声即刻便可抵达。那些寺庙被焚毁，无不是由失火、连遭火灾或是战火造成的。没有留下过纵火的记录，这是因为，即便在很久以前的某个时代，曾经有过像我这样的男人，他只需要屏息静气、藏匿起来，等待时机就可以了。那些寺庙早晚有一天会被焚毁的。因为火是丰富而放肆的。只要耐心等候，伺机以待的火必定会蜂拥而起，火与火会携手完成它们的使命。实际上，金阁不过是因罕见的偶然因素才免于火灾的。火总是自然发生，灭亡和否定是它的常态，建起来的寺庙必然会被焚毁，佛教的原理和规则，一直严密地支配着人世间。即使是纵火，由于过于相信自然引起火灾的种种能量，历史学家都不会认为那是纵火的。

那个时代，人世间是动荡不安的。眼下昭和二十五年的不安，并不少于那个时代。如果从前那些寺庙，是由于不安宁而被焚毁的，那么现在金阁又岂能侥幸不被焚毁呢？

*

我虽然经常逃课，图书馆倒是去得很勤。五月的一天，我遇见了自己一直躲着不见的柏木。看见我避之唯恐不及的样子，他愈加兴味十足地追了上来。我要是撒腿就跑，他的内翻足是不可能追上我的，这个念头反而使我站住了。

柏木抓住我的肩膀，呼哧呼哧地直喘气。记得那是放学后的五点半左右，为了不碰见柏木，从图书馆出来后，我是从校舍后面绕过去，顺着西边的简易教室和高石墙之间的小道走过来的。那里生长着一片茂盛的野菊，成了人们乱扔纸屑和空罐子的地方，有几个悄悄溜进来的孩子在玩投接球。他们的叫嚷声，更显得放学后的教室空荡荡的，隔着破玻璃窗，能窥见教室里一排排落满灰尘的书桌。

经过这里从主楼西边出来，走到花道部挂着“工房”牌子的小屋前，我停下了脚步。沿着外墙排列的樟树，将夕阳越过小屋顶透下来的细碎叶影，映在主楼的红砖墙上。沐浴在夕阳余晖下的红砖红彤彤的，煞是好看。

柏木气喘吁吁地把身子倚靠在红砖墙上。樟树的婆娑叶影，给他那一向憔悴的脸上涂了色彩，赋予了奇妙的跃动之影。也可能是与他不相配的红砖反光，造成这个效果的。

“那可是五千一百日元噢。”柏木说，“到了五月底，就是五千一百日元喽。靠你自己可就越来越还不上喽。”

柏木说着，又把总是叠放在胸袋里借据掏了出来，展开给我看。也许是我伸手去拿，把它弄破了，他慌忙叠好放回了胸袋，因此，只有红得刺眼的朱红拇指印的残影留在我的眼睛里。我的指纹显得很凄惨。

“你还是快点还上吧。这可是为你好啊。你就挪用一下学费或者其他什么钱，不就行了吗？”

我一直沉默着。眼看着世界即将毁灭，我还有义务还钱吗？我忽然冲动地想稍微暗示一下柏木，但还是忍住了。

“你不说话是什么意思嘛？怕说话结巴，太难为情吗？还跟我装什么相呀！连这个也知道你结巴呀。连这个也知道……”他用拳头敲了敲夕阳辉映下的红砖墙。他的拳头沾上了深棕色的粉末。“连这墙也知道，整个学校没有人不知道的！”

不管他说什么，我照样是徐庶进曹营——一言不发，跟他死扛着。这时，孩子们的棒球扔偏了，滚到我们两个中间来了。柏木弯下腰，想把它捡起来扔给孩子们。我忽然萌生了恶作剧的兴趣，想看看他是怎样移动他的内翻足，够到前面一尺远的棒球。我无意中瞧了一眼他的腿。柏木迅疾地察觉到了，简直可以说是神速。他又挺起了还没有弯下去的腰，盯着我，他的目光里透着不合乎他个性的欠冷静的憎恶。

一个孩子怯怯地走过来，在我俩中间，捡起棒球赶紧跑了。柏木终于说道：

“好吧。既然你是这种态度，我也有我的打算。下个月回家之前，不管用什么法子，我也要拿回我的钱，能拿回多少就拿回多少。你小子心里也有数吧。”

*

一进入六月，重要的课程渐渐少了，学生们纷纷准备回乡探亲。六月十日发生的这件事，让我永远也忘不掉。

从早上下起的潇潇细雨，入夜后变成了瓢泼大雨。吃过晚饭，我在自己的房间里看书。晚上八点前后，从客殿通往大书院的走廊上，响起了越来越近的脚步声，好像是有客人来拜访轻易不出门的老师。但是，那脚步声有点奇怪，很像滿雨打在木板窗上的声音。在前边引路的小徒弟的脚步声，是轻声而有节奏的；而客人的脚步声，使走廊的旧地板发出刺耳的嘎吱嘎吱声，而且步履格外缓慢。

哗哗的雨声笼罩着鹿苑寺黑暗的房檐。泼洒在古老大寺庙里的大雨，将散发着霉味的无数空荡荡的房间的夜晚充满了。无论在厨房、执事寮、殿司寮，还是在客殿，进入耳中的皆是雨声。我思念起了此时占领了金阁的大雨。我稍稍打开房间的拉门，只见铺满石子的小小中庭已是雨水漫地，雨水将石子冲刷得黑亮黑亮的。

新来的小徒弟从老师的起居室回来了，他只把头探进我的房间，说道：

“有个叫柏木的学生来找老师了，他不是你的朋友吗？”

我霎时感到了不安。小徒弟——此人戴着近视镜，白天在小学任教——说完正要走，我把他叫住，请他进了屋。因为我无法忍受独对孤灯、胡思乱想二人在大书院里交谈了些什么。

过了五六分钟，传来了老师摇铃的声音。铃声穿透了雨声，凛然作响，又戛然而止。我和师弟二人面面相觑。

“叫你呢！”新来的师弟说。我这才站起身来。

老师的桌上摊着按了我的拇指印的借据，因为没有允许我进屋，我跪坐在廊子上，老师捏起那张借据的一角给我看。

“这确实是你的指印吧？”

“是的。”我回答道。

“你做的事让为师很为难啊。今后你若再做这种事，寺里就留不得你了，你好自为之吧。另外还有一些……”老师说到这里，大概是顾及柏木，没有说下去。然后他又说了句：

“你借的钱，由为师还给他，你可以退下了。”

老师说这句话时，我有了看柏木表情的空当。他神色困窘地坐在那里，居然避开了我的目光。干坏事时，他自己都意识不到地露出了从性格核心抽取的最纯洁的表情。只有我对此心知肚明。

回到了自己的房间，在哗哗的雨声中，在孤独之中，骤然获得了解放。师弟已经不在了。

“寺里就留不得你了！”老师刚才说。我从老师的嘴里第一次听到这句话，说明我得到了老师的许可。事态突然变得明朗了。可见老师早就有意把我赶走。我必须尽快实施计划。

倘若柏木今晚没有来找老师，我也就没有机会从老师口中听到那句话，计划也许会继续拖延下去。一想到给我毅然决然行事勇气的人是柏木，我就不禁对他产生奇妙的感激。

雨势没有一点减弱的迹象。已入六月，仍觉得凉飕飕的，板门围成的五铺席储藏室，在昏暗的灯光下显得格外荒凉。这就是我的住所，不久可能就会从这里被赶走。房间里没有任何装饰，变了色的铺席的黑色包边已经开绽、扭曲，露出里面坚硬的线来了。走进黑暗的房间，打开电灯时，我的脚趾经常被破绽绊住，我也没想过修补一下。我的生活热情与铺席之类是没有关联的。

随着夏天到来，五铺席房间里，充满了我身上散发出的馊味。可笑的是，我是个僧侣，还有着青年人的体臭。这气味渗进了支撑屋子的四根古老黑亮的粗柱子和旧板门里。于是从岁月赋予了沧桑感的木纹缝里，散发出了年轻生物的恶臭。这些柱子和板门，化成了半带腥味的不会动的生物。

这时候，从走廊上传来刚才那奇特的脚步声。我站起来，走出房间，来到走廊上。看见远处老师起居室灯光笼罩的陆舟松，高昂着湿乎乎的黑绿色船首，柏木呆立在那背景前，犹如机械突然停止运转似的。而我的脸上却浮现着微笑。看到我在笑，柏木脸上第一次露出了近乎恐怖的神情。这让我很是满足，招呼他说：

“来我房间里坐会儿吧。”

“想干什么，别吓着我啊。你这怪家伙。”

……柏木像平时坐下时那样，慢悠悠地伸开腿坐在我给他的薄坐垫上。他抬起头扫视了一圈。雨声像一块厚厚的绸缎帐子，遮蔽外面了。打到檐廊上的雨点，不时地溅到拉门上。

“你可别恨我呀。我不得不出此下策，说到底是你自作自受。这事先不说了。”他说着从兜里掏出了一个印有鹿苑寺的信封，数了数里面的钞票。钞票只有三张，是今年正月发行的崭新的千日元纸币。我说：

“我们这儿的钞票很干净吧。老师有洁癖，每隔三天，就让副司去一趟银行，把零钱换成新票子。”

“你瞧，只给我三张票子。你们的住持真够小气的，他居然说，这是学生之间的借贷，利息不能算在内。可他自己倒赚了好多钱呢。”

柏木那始料不及的失望样子，让我从心里觉得痛快。我开怀地笑起来。柏木也跟着我笑起来。然而，这缓和的气氛转瞬即逝，他收敛起笑容，瞧着我的额头，很不客气地说：

“其实我都知道的。最近，你是不是琢磨着，要干点什么毁灭性的事吧？”

我苦于支撑他的视线的重压。但是一想到他对于“毁灭性”特有的理解，与我的志向完全背道而驰，便平静下来，说话也不结巴了。

“没有啊……什么也没有琢磨呀。”

“是吗？你就是个怪胎。是我见过的最奇葩的家伙。”

我知道，他这么说是因为，亲切微笑还未从我嘴角消失，但他肯定觉察不到我心中涌出的感谢之意。这一自信的猜想，使我的微笑更自然地舒展开来。出于世俗的友情，我向他这样的问道：

“你打算回老家吗？”

“是啊。打算明天回去。回三宫过个夏天，虽说那边也很无聊……”

“那么在学校也见不到喽。”

“说得好听，你根本就不来上课。”

刚说到这儿，柏木匆匆解开校服的扣子，摸了摸内兜。“……回乡下之前，我为了让你高兴，把这个带来了。你不是特别喜欢那个家伙吗。”

他把四五封信撂在我的桌上。我一看寄信人的名字，不禁大吃一惊，柏木却不以为意地说：

“你读读这些信吧。这可是鹤川的遗物噢。”

“你和鹤川很亲近吗？”

“可以这么说吧。对我来说算是亲近的吧。不过，那家伙生前很讨厌被人看作我的朋友。虽说如此，他只对我一个人说心里话。他已经死了三年了，我想可以给人看他的信了。特别是你和他很要好，我一直打算什么时候只给你看看。”

每封信的日期都是在鹤川临死之前。都是昭和二十二年五月，从东京写给柏木的，几乎每天一封。他一封信也没有给我写过，由此看来，回到东京的第二天，他就每天给柏木写信了。字写得生硬而稚拙，一看就是鹤川的笔迹。我生出一丝妒忌。鹤川在我面前一向表现得很透明，偶尔说几句柏木的坏话，反对我和柏木交往，可他一直瞒着我，和柏木走得这么近。

我按照写信日期的顺序，开始读写在薄薄信纸上的细密小字。信写得十分糟糕，表达也磕磕绊绊的，看着很费劲，然而，透过信的脉络，渐渐读出了其中隐含的痛苦。读到后面的信时，鹤川的苦痛历历如在眼前。读着一封封信，我忍不住泪如泉涌。我在伤心哭泣时，也为鹤川的平庸苦恼备感诧异。

那不过是司空见惯的恋爱这种小事。不过是与得不到双亲认可的女子的、不幸而幼稚的恋爱罢了。但是，也许是鹤川写信时，不自觉地表现出的感情夸张吧，下面这一段话着实令我惊愕。

“如今回想起来，这不幸的恋爱，恐怕也是我这颗不幸的心导致的。我这颗阴暗的心是与生俱来的。我的心仿佛从不曾感受过什么是天真无邪的快乐。”

由于最后一封信的结尾，是以激烈的语气突然结束的，使我萌生了做梦也没有想到的疑惑。

“难道说……”

我刚说到这儿，柏木就点了点头。

“是啊。他是自杀的。我只能这样想。他的家人大概是为了面子，才说是被卡车撞了什么的。”

我很愤怒，结结巴巴地追问柏木：

“你一定给他写回信了吧？”

“写了。可是听说在他死后才送到。”

“你写了什么？”

“就写了‘你不要死’这几个字。”

我沉默了。

感觉不曾欺骗过我的这一确信被击溃了。柏木给了我最后一击：

“你作何感想？读了这些信，你的人生观是不是改变了？

你的计划是不是都是徒劳?”

柏木在鹤川离世三年后，让我读这些信的意图是显而易见的。尽管受到这番刺激，我却忘不了鹤川少年躺在茂密夏草上时，朝阳洒在他的白衬衫上的婆娑叶影。没想到鹤川死去三年后，竟然变成了这样，我以为寄托于他的东西，与他的死亡一同消亡了，然而在这瞬间，那东西反而以另一种现实性复苏了。由此，比起记忆的意义来，我更相信记忆的实质了。可以说我是在不相信它，人生就会崩溃的状态下相信的……可是，俯看着我的柏木，正为自己刚才狠下心施行的心灵杀戮感到满意呢。

“怎么样?你心里一定有什么东西破碎了吧?我实在看不得朋友抱着易碎的东西活着啊。我这样热情，就是为了将它彻底摧毁。”

“要是摧毁不了呢?”

“那我就要让你放弃孩子气的一意孤行。”柏木嘲笑道，“我想让你明白，能够改变这个世界的是认识。你知道吗，其他东西都不能让世界有一点改变。只有认识，能够让世界在不变之中，在原有状态下发生变化。从认识的角度来看，世界既是永恒不变的，也是永恒变化的。你可能会说，它能起到什么作用呢?我要说的是，为了忍受此生，人类才掌握了认识的武器。动物自然不需要这种东西，因为动物不具有忍受生存的意识啊。认识使得生存的不堪忍受，直接转换成了人类的武器。尽管其不堪忍受仍未能减轻分毫。就是这样。”

“你不认为还有其他可以忍受生的方法吗?”

“没有了。剩下的就是发疯或者死掉。”

“让世界发生改变的，绝对不是什么认识。”我忍不住反驳道，险些坦白自己的计划。“其实让世界改变的是行动。只能是行动。”

柏木用粘贴在脸上似的冷冷的微笑回应了我。

“果然说出来了。终于说出行动这个词喽。不过，你不觉得你所喜欢的美的东西，是正在认识的保护下酣睡的东西吗？它就是我以前跟你说过的《南泉斩猫》里的那只猫啊。就是那只无比美丽的猫。两堂僧人之所以争吵，正是想在各自的认识之中，保护、养育那只猫，让它舒舒服服地安眠。而南泉和尚是个行动者，所以很果决地把猫斩杀了。之后回来的赵州，把自己的鞋顶在了头上。赵州想表达的意思是这样的。他也懂得美应该是在认识的保护下酣睡的东西。但是，并不存在所谓不同的认识、各人的认识。因为所谓认识，就是人类的大海，也是人类的原野，是人类普遍的生存状态。我认为他想说的就是这个意思。你现在是想以南泉自居吗？……美的东西，你所喜欢的美的东西，其实是在人类精神中被托付于认识的残余部分、剩余部分的幻影。就是你所说的‘为了忍受生存的别的方法’的幻影。也可以说，本来就没有那种东西吧。虽然可以这么说，但使这种幻影变得强有力的、并赋予它最大现实性的仍然是认识啊。美，对于认识而言，绝不是什么慰藉，美，即便是女人、是妻子，也绝不是慰藉。而这绝不是慰藉的美的东西，一旦与认识结婚，就会孕育出某种东西来。虽说是虚无缥缈、转瞬即逝、无从把握的东西，但必定会生出什么东西来。它就是人们称为艺术的东西。”

“美是……”刚说出这个词，我就结巴起来。此时，我的脑子里突然闪过一个天马行空般的疑问：我的口吃难不成是从我的美的观念中生出来的？“美是……因为美的东西，对我来说，就是仇敌。”

“你说美是仇敌？”柏木夸张地瞪大眼睛。他那张红扑扑的脸上，重现了平日哲学性的爽快。“真是天大的变化啊。居然从你的嘴里听到这些话，看来我也得重新调整自己认识的焦距了。”

……我们这样亲切交谈着，好久没有这样聊天了。雨一直没有停。最后，柏本谈起了我还未去过的三宫和神户港，还描述了夏天巨轮慢慢驶出港口时的情景。我也回想起了住在舞鹤时的往事。就这样，对任何认识和行动来说，轮船出港的喜悦都是不可替代的，在这一想象中，我们两个穷学生的想法终于趋于一致了。

第九章

老师渐渐变得在垂训时或是应该垂训的时候，反而对我施恩了，这恐怕不是偶然的。柏木来要钱的五天后，老师叫我过去，亲手将第一学期学费三千四百日元、上学的车费三百五十日元、文具费五百五十日元交给了我。按学校规定，必须在暑假前缴纳学费。然而，发生了那件事之后，我根本不指望老师会把这笔钱给我。因为我觉得老师即便想给我，知道不能信赖我后，也会把这些钱直接汇到学校的。

尽管老师把钱直接交给了我，我心里比老师还要清楚，他对我的信赖是虚伪的。老师默默赏赐给我的恩惠中，有着近似他那柔软的桃红色肉体的东西。那充斥着虚伪的肉体，以信赖对待背叛、以背叛对待信赖的肉体，不会被任何腐败所侵蚀的、悄悄而温暖地蜕变成桃红色的肉体……

就像那天警察来到由良旅馆时，一瞬间，我以为计划败露了似的，现在我又怀着近似妄想的恐惧，怀疑起了老师莫非看透了我的计划，才给我钱，好让我错过付诸行动的时机？我觉得只要自己手里有这笔钱，可能就没有勇气果断行动了。我必须尽早解决使用这笔钱的方式。越是贫穷的人，往往越是想不出怎么花好这笔钱。我务必想出能够让老师知道后暴跳如雷，并即刻把我从寺庙赶出去那样的用途。

那天轮到我在厨房当班。晚餐后，我在厨房洗碗时，无意中朝安静下来的食堂望去，看见在厨房和食堂之间立着的被煤烟熏得油黑发亮的柱子上，贴着一张变了色的护符。

阿多古
注意防火
祀符[1]

……我仿佛看到了，被这张护符所封闭着的火焰苍白的身影。看见了曾经千姿百态的东西，在这旧护符后面，已变得苍白无力、奄奄一息。如果我说，最近，因为对火的幻觉，使我产生了肉欲，人们会相信吗？如果我的生存意志，全都取决于火，那么肉欲也趋向于火，不是很自然的吗？而且，

1　阿多古祀符，从以防火守护神信仰闻名的爱宕神社求来的防火护符。

我的这种欲望，营造出火的妖娆姿态，而火焰则是意识到我透过黑亮的柱子在看它，才打扮得这般千娇百媚似的。它的手臂、它的腿、它的胸脯，无不是纤柔酥软的。

六月十八日晚上，我怀里揣着钱，溜出寺庙，朝着叫作五番町的北新地方向走去。我听说那地方物价便宜，对寺里的小和尚也很友好。从鹿苑寺到五番町，走着去不过三四十分钟。

那是一个湿气很重的夜晚。阴暗的天上，月光朦胧。我穿着草绿色裤子和制服外套，脚上穿着木屐。几个小时后，说不定我还会这副样子返回吧。不过，裹着这种装束的我，是怎样说服自己愿意变成另一种人的呢？

我确实是为了活着，才想烧毁金阁寺的，但我所做的事像是去赴死。犹如决意自杀的童贞男子，于自杀之前去花街柳巷那样，我也要去花街柳巷。尽管放心好了。男人的这类行为，就跟在公文上署名差不多，即使失去了童贞，他也绝不会变成“另一种人”的。

以往无数次的挫败，自金阁阻隔在女人和我以来的挫败感，以后不用再惧怕了。因为我不抱任何幻想，也不打算靠女人参与人生。我的人生已属于彼岸世界，到达彼岸之前的行动，不过是在履行悲惨的手续。

……我这样告诉自己。这时，柏木的话又在耳边响起。

“卖笑女并不是爱客人才接客的。不管是老人、乞丐、独眼，还是美男，不知道的话，连麻风病人，她们也会接的。若是一般人，会安于这种平等性，找个娼妇破了童贞吧。可是，我厌恶这种平等性。不能容忍四肢健全的男子和我这种人，以同等资格被接待。这对我来说，是可怕的自我亵渎。”

回想起的柏木这句话，对眼下的我来说是不快的。不过，先不说结巴，我四肢健全，与柏木不同，只要相信自己是极其平常的丑陋就可以了。

“……虽说如此，女人会不会凭着直觉，从我丑陋的额头上，看出某种天才犯罪者的标志呢？”

我心里又涌起了愚不可耐的不安。

我的腿迈不动步子了。思来想去，到头来连自己也弄不明白，究竟是为了烧毁金阁而失去童贞，还是为了失去童贞而要烧毁金阁了。此时，我心里不知所以然地浮现出“天步艰难”这个高贵的词语，我反复自语着“天步艰难，天步艰难”，继续往前走。

不知不觉间走过了弹子屋、小酒馆聚集的喧闹街市，来到昏暗僻静之处，只见荧光灯和白茫茫的纸灯笼，在黑暗中齐刷刷地排成一串。

从寺庙走出来后，我就一直幻想着有为子还活着，就隐居在这一带。这幻想支撑着我。

自从下决心火烧金阁以来，我再度陷入少年时代初期那种鲜活纯洁的状态中。所以我想，可以再次与人生最初遇到的人们和事物邂逅了。

从今往后我本应好好活下去，奇怪的是，不吉利的念头与日俱增，总感觉死神明天就会造访自己，祈祷死神在我烧掉金阁之前放过我。我绝对没有生病，也没有生病的兆头。可是，我一天比一天强烈地感受到，协调让我活下去的各种条件及责任这个重担，统统向我一个人的肩头压下来。

昨天扫除的时候，我的食指被扫帚刺扎伤了，就连这种小伤，也成了我不安的因素。我想起了某诗人[1]被蔷薇花刺扎伤手指，竟导致他死亡的故事。一般的俗人，是不会为这点事就死掉的。但是我已经成了一个有身份的人物，不知命运会让我怎样死去。指头的伤幸好没有化脓，今天摁了摁伤口，只是微微有点痛。

说到去五番町，不用说我是不会懈怠做好卫生上的准备的。头天，我就特意到远处的一家没人认识我的药房去买了橡胶制品，那面皮似的薄膜呈现出柔弱而不健康之色。昨夜我试用了一个。用暗红色蜡笔画的风流佛画、京都观光协会

1 指德国诗人里尔克(1875—1926)，晚年在隐居地，因指尖被刺儿扎伤而得了急性白血病，两个月后死去。

的挂历、翻到佛顶尊胜陀罗尼那页经文的禅林课业、肮脏的袜子、破旧的榻榻米……在这些东西环绕中，我的那东西，好似一尊滑溜溜的、没有五官的、不吉利的灰色佛像一样竖立着。那令人不快的姿态，使我联想起传说中的那种叫作“罗切”[1]的残暴行为。

……我走进了纸灯笼连成串的小巷。

一百几十个店家，看上去几乎一模一样。传说在这个街里，只要攀上了街头老大，连通缉犯都能够轻易地藏身其中。老大一摇铃，铃声会传遍各个娼家，给通缉犯报信。

所有店家都是二层小楼，大门旁边无一例外有个昏暗的格子窗。厚重古老的砖瓦屋顶都一般高，一家挨一家地挤在朦胧的月光下。而且家家门口都挂着染着“西阵”白字的蓝布帘，穿着围裙的老鸨，侧着身子从门帘边缝窥视着外面。

我丝毫没有纵情声色的欲求。只觉得自己被某种秩序所抛弃，离群索居，拖着疲惫的双腿，行走在荒凉的地方。欲望在我心中，只是将不高兴的后背朝着我，抱着腿蹲坐着。

“在这里花钱，就是我的义务。”我思考着，“只要在这里把学费花光就行了。这样就可以给老师驱逐我提供最恰当的借口了。”

我没觉得这个想法有什么矛盾之处，但如果我真心这么

1　罗切，切除阴茎，以此为断绝淫欲的修行。

想的，我就是敬爱老师的了。

也许还不到开市的时候，街上见不到几个行人。我的木屐声格外刺耳。老鸨们招呼客人的单调声音，听着就像在梅雨时低垂而潮湿的空气中蠕动似的。我的脚趾紧紧夹着松弛的木屐带走着，回想起停战后，我从不动山上眺望的万家灯火中，肯定也有这条街的灯火。

我的脚引向何处，就应该是有为子所在之所。在一个十字路口，看到一家叫“大泷”的店家。我便一掀门帘，跨了进去。一进去便是一间六铺席房间，铺着瓷砖，靠里面的椅子上坐着三个女人，宛如等火车等得不耐烦的样子。其中一人身穿和服，脖子上缠着绷带。另一穿西式衣服的女人，正低着头褪下袜子，不停地挠着腿肚子。看来有为子不在。她不在让我安了心。

挠腿的女人就像被呼唤的狗一样抬起了头。她那有点浮肿的圆脸上，被白粉和胭脂涂抹得儿童画般鲜艳，不过她仰着脸看我的眼神里充斥着善意，这么说或许有点可笑。这个女人，就像在街角遇见了陌生人似的盯着我看。她的眼睛没有从我内心看到一点欲望。

既然有为子不在，那么谁都无所谓了。我执着于做选择或抱有期望，会导致失败这样的迷信。如同卖淫女无法挑选客人一样，我也不必挑选女人。必须让那个可怕的、使人变得无力的、美的观念，没有丝毫介入的空隙。

老鸨问我：“您想要哪个姑娘？”

我指了指那个刚才搔腿的女人。刚才她感觉到腿痒，估计是徘徊在这些花砖上的库蚊叮咬的结果，这成了把我和她联结起来的缘分……拜这痒所赐，很久以后，她将会获得成为我的证人的权利。

女人站起来，走到我跟前，噘起嘴唇媚然一笑，轻轻拍了一下我的衣袖。

登上黑暗的老楼梯去二楼的工夫，我又想起了有为子。我想：看来她不在这个时间里，她不在这个时间的世界里。既然此刻她不在这里，无论去哪里寻找，也肯定找不到有为子的。她就好比是，到我们这个世界外面的浴池洗澡去了似的。

我感觉有为子生前就能自由出入于这种双重世界的。在那次悲剧性的事件中，我也以为她要拒绝这个世界，可是接下来，她又接受了这个世界。或许就连死亡，对于有为子来说，也是偶然的事件。她留在金刚院回廊上的血，不过是和早晨打开窗户时惊飞的蝴蝶，遗留在窗框上的磷粉一样的东西也未可知。

在二楼的中央，即中庭的通风处，围着镂空雕花的栏杆，栏杆上面架着从这边房檐伸向对面房檐的晾衣竿。竹竿上晾晒着红衬裙、内裤、睡衣等。由于光线很暗，模糊不清的睡衣，恍如人影晃动。

不知哪间屋子里有女人在唱歌。女人的歌声很冗长，时而有跑调的男声插进来。歌声中断了，沉默片刻之后，女人突然尖声笑了起来。

“……那是她唱的呀。”接待我的女人对老鸨说，“她每回都是那样。”

老鸨执拗地将厚实的后背向着传来笑声的方向。我被领进的是一个寒酸的三铺席房间，沏茶倒水的地方代替壁龛，随意摆了些布袋和尚和招财猫。墙上贴着烦琐的注意事项，挂着日历。屋顶垂着一个三四十支烛光的昏暗电灯。从敞开的窗户偶尔传来嫖客的脚步声。

老鸨问我是计时还是过夜。计时是四百日元。之后，我又要了酒和下酒菜。

老鸨下楼去取酒菜后，女人也没有靠近我。直到老鸨把酒菜端上来，督促她干活，才靠过来。离近了看，女人的鼻子下边被擦得有点发红了。她好像一觉得无聊，就忍不住浑身抓挠，不单是搔脚。鼻子下边发红，说不定是被口红染的。

请勿见笑，我虽有生以来初次寻花问柳，却能这般观察入微。我要从自己所看到的东西中，找出快乐的证明来。一切都像铜版画那样，而且是精密地平贴在与我有一定距离的地方，被我细致地观察。

“先生，以前我见过您啊。”女人告诉我她名叫鞠子后，说道。

“我是头一次来呀！”

“您真是头一次来这儿吗？”

“是头一次啊。”

“我看也是。看您的手都在抖呢。”

听她这么一说，我这才意识到拿着小酒杯的手在颤抖。

“要真是这样，鞠子今晚可就交了好运喽。”老鸨说。

“是不是真的，马上就知道啦。”

鞠子粗俗地说。但是，她这话里没有肉感，我看得出，鞠子就像个脱离了游戏伙伴的孩子，在与我和她的肉体都不相关的地方自己玩耍。鞠子穿着浅绿色上衣和黄色的裙子。她的两个大拇指染了红红的指甲油，大概是跟姐妹借来涂着玩的。

一进入八铺席寝室，鞠子就向棉被上伸出一只脚，拉了一下从灯伞垂下来的长绳子开了灯。在灯光下，色彩艳丽的友禅绸被面浮现出来。房间里还有个摆着法国娃娃的漂亮壁龛。

我笨手笨脚地脱了衣服。鞠子将一件粉红毛巾浴衣披在肩上，巧妙地脱下了衣服。我拿起放在枕边的水咕嘟咕嘟地喝了好多。女人听见我喝水的声音，背对着我笑道：

“我说，你还真能喝啊。”

躺在床铺上，二人脸对着脸之后，她还用指尖轻轻戳了戳我的鼻子，说：

“您真是第一次来玩？”

说完又笑了。哪怕在这昏暗的纸灯笼照明中，我也没有忘了观察，因为观察是我活着的证明。话虽如此，脸对脸地直视别人的两只眼睛，我长这么大还是头一回。以前我观察世界的远近法失效了。他人满不在乎地侵犯我的存在，她的体温和廉价香水的味道，都像水位一点点上涨，把我淹没了。我第一次看到他人的世界就这样融化了。

我被她当作一个极其普通的男人来对待。我从未想象过有人能这样对待我。从我身上，口吃被脱去了，丑陋和贫穷也被脱去了，就这样在脱衣之后，又重复了数不尽的脱衣。我真切地体味到了快感，但我无法相信在体味这快感的人是我。我忽而感觉被隔离在很远的什么地方，忽而这感觉又没有了……我马上离开她的身子，把额头贴在枕头上，用拳头轻轻地敲了敲冰冷麻木的脑袋。紧接着，被世上的一切都抛弃的感觉袭上我的心头，还好，没有流眼泪。

事后女人在枕边喃喃絮语，告诉我自己是从名古屋流落到此地来的，等等。我意识模糊地听着，满脑子只想着金阁的事。那是很抽象的思索，并不像往常那样具有沉甸甸的肉感。

“您可一定再来呀！”鞠子说。

从鞠子的话里，我感觉她比我大一两岁。事实肯定也是这样。她汗津津的乳房就在我眼前。那不过是单纯的肉团，绝对不会变形为金阁。我很小心地用指头触摸它。

“这东西，很好玩吗？”

鞠子说着抬起身子，像逗弄小动物一样，盯着自己的乳房，轻轻地摇了摇。我从这种肉体的晃动，联想到了舞鹤湾的夕阳。因为我感到夕阳的变幻莫测与肉体的变幻莫测在我心中结合为一体了。而且，我眼前的肉体也像夕阳一样，将被夕云重重包围，横卧在黑夜的墓穴深处，这想象使我安下心来。

*

第二天，我又去了那家妓院，找了那个女人。不仅是因为手里还有不少钱。因为初次睡女人，比我想象的欢悦要少得可怜，有必要再尝试一次，哪怕跟想象中的欢悦接近一点也好。我在现实生活中的行为与别人不同，总是局限于忠实地模仿想象。说是想象不太恰当。毋宁说是“我的记忆之源”更贴切。我无法拂去在人生中早晚会体味到所有的体验，已经以最灿烂的形式先一步体验到了的念头。即便是这种肉体的行为，我觉得在我回想不起来的时间和地点（多半是同有为子），早已体验到了更为激烈、更令身心瘫软的官能愉悦了。它成为我所有快感的源泉，而现实中的快感，只不过是从中分得的一捧水罢了。

在我遥远的记忆中，的确曾在某个地方，看见过无比艳丽的晚霞。从那以后看到的晚霞，总觉得没有那样艳丽了，可这是我的罪过吗？

都怪昨天那个女人，太把我当一般人对待了，所以，今天我在兜里揣了一本旧文库本——前几天在旧书店买的——去见她。这本书是贝卡里亚的《论犯罪与刑罚》。这本十八世纪意大利刑法学者写的书，是启蒙主义与合理主义的古典式的套餐，刚读了几页，我就看不下去了，说不定那女人对书名感兴趣呢，这么一想，我就带着书去了。

鞠子面露和昨天毫无区别的微笑，迎接了我。虽说是同样的微笑，却看不到一点“昨天”的痕迹。虽说她对我的亲热，就像是在某个街角，遇见个熟人时的那种亲热，那也是由于她的肉体，就像是某个街角的缘故吧。

我们坐在小客厅里把酒言欢，已经感觉不怎么生疏了。

“您还真的又来找她啦，小小年纪，还挺重情的啊。”老鸨打趣道。

“可是，你每天都来，不会挨和尚骂吗？”鞠子说。我露出被她说中的吃惊表情，她看着我继续说道：“我都知道噢。

现在男人都是留背头，剃成平头的肯定是和尚了。据说，那些如今成了什么名僧的主儿，年轻时差不多都来这儿玩儿过……好了，我给你唱支歌吧！”

鞠子发神经似的唱起了海港女人如何如何的流行歌曲来。

第二次嫖妓，是在已经熟悉的环境中，顺利而愉悦地完成的。这次，我也感到窥见了快乐，但不是曾经想象的那种快乐，只是感觉自己适应了嫖妓的自甘堕落的满足。

事毕，女人像个老大姐似的，对我进行的一番伤感的训诫，给我这短暂的亢奋浇了一盆冷水。

“我觉得你还是不要常来这种地方得好。”鞠子说，“因为你是老实人，我才这么想。依我看，你还是不要在这地方陷得太深，不如本本分分地做点买卖。我当然盼着你多来，可你也明白我为什么这么说吧。因为我觉得，你就像我的弟弟啊！”

鞠子恐怕是从什么庸俗的小说里学来的这番话吧。她说这番话时，并不显得心情多么沉重，不过是以我为对象，编织一个小故事，期待着我能够与她所营造的情绪产生共鸣。倘若我被感动得哭出来，那就更好了。

然而我没有那样做。我突然从枕边拿起《论犯罪与刑罚》，递到她眼前。

鞠子随和地翻看了几页，然后一言不发地把书扔回原处。这本书已被她忘在一边了。

我期望她能够从与我相遇的这一宿命中预感到些什么，期望她可以多少靠近一些我的助推世界没落的想法。我认为，此事对她来说，不应该是无关紧要的。经过一番纠结，我终于说出了不该说的话。

“一个月……差不多一个月之内吧，报纸上会登出好多有关我的新闻的。到那个时候，你要想起我啊。”

话刚出口，我的心脏一阵猛跳。不料，鞠子竟咯咯咯地笑了起来，笑得双乳乱颤。她忽闪着眼睛瞅着我，咬着和服袖忍着笑。可是，新一轮笑又渐渐积攒起来，直笑得浑身颤抖。到底有什么好笑的，鞠子自然也说不清楚。她意识到这点，终于止住了笑。

“有什么可笑的?”我问了个愚蠢的问题。

“当然可笑了，你可真能瞎编呀！啊，笑死我了。你也太能吹牛了。”

“我从来不吹牛。”

“好了，不要再说了。啊，真是好笑，笑死人了。瞎话连篇的，还装得像那么回事似的。”

鞠子又笑了起来。这回笑的理由很简单，想必是因为我说得太急，口吃特别厉害的缘故。总之，鞠子完全不相信我的话。

她不相信我。即使现在发生地震，她也不会相信的。即使世界崩溃，这个女人也不会崩溃吧。因为鞠子只相信符合自己思路发生的事情，可是，世界不可能像鞠子所想象的那样崩溃，鞠子是绝对不会有思考这种事情的机会的。在这一点上，鞠子很像柏木。女人中这样思考问题的柏木，就是鞠子。

聊天的间歇，还裸露着乳房的鞠子，哼起了歌。苍蝇的嗡嗡声掺杂进了歌声中。苍蝇围着她飞着，偶尔落在她的乳房上，她也只说声："好痒痒啊！"并不轰它。苍蝇落在乳房上时，是紧紧贴在上面的。令我吃惊的是，鞠子对这苍蝇的爱抚，似乎并不那么讨厌。

雨点噼里啪啦地落在屋檐上，听那雨声仿佛只落在那屋檐上似的。风使雨势失去扩张之力，迷失在这条街道一隅，呆立不动。这雨声仿佛局限于我所住的地方那样的——从广袤的黑夜里被割离出来的、枕边纸灯笼的昏暗光照下那样的——世界的雨声。

倘若苍蝇喜欢腐败，那么，鞠子身上已经开始腐败了吗？什么都不相信，难道就是腐败吗？因为鞠子生活在自己的绝对世界里，就会受到苍蝇的光顾吗？我想不明白。

但是，在枕边灯下，女人突然像死人一般打起盹来，趴在丰满乳房上的苍蝇，也骤然坠入梦乡般不动弹了。

*

后来我再没有去“大泷”，该做的事已经做完了。现在只等老师发现那笔学费怎样被花掉之后，把我逐出寺庙了。

但是，我绝不会向老师暗示那学费干什么用了。用不着坦白，因为即使我不坦白，老师也会察觉的。

至于以前我为什么在某种意义上相信老师的力量，想借助老师的力量，我说不清楚。我也不知道为什么，还要靠着被老师驱逐，促使自己做出最后决断。正如前面说过的那样，我早已看透了老师的无力。

第二次去妓院的几天后，我看到了老师的这副样子。

那天，老师很罕见地一大早就去开园前的金阁附近散步了。我们正在洒扫庭院，老师还对我们道了句辛苦。他穿着凉爽的白衣，朝着夕佳亭拾阶而上。我猜想，他是打算在那里，独自品茶静心吧。

那个清晨，天上飘浮着绚烂的朝霞。湛蓝色空中还游弋着火红的云朵。含羞赧颜般的云儿，尚未恢复正常的表情。

洒扫过后，众人都回到正殿去了，只有我独自经由夕佳亭旁，穿过通向大书院后院的小路回去。因为大书院的后院还有待清扫。

我拿着扫帚，登上金阁寺篱笆墙内侧的石阶，来到了夕佳亭旁。树木被昨夜的雨水打湿了，挂在灌木叶尖上的圆圆露珠映出了红艳艳的朝霞，宛如不合时节地结出了淡红色的果实。结了露珠的蜘蛛网也微微映出红色颤动着。

我不无感慨地眺望着这地上之物，竟这般敏锐地倒映出天上色彩。寺内绿植上的雨露滋润，也都是承蒙了上天的恩赐。它们犹如蒙受了恩宠般鲜灵，散发出腐败与新鲜相混杂的香气，这也是因为，绿植们不知道怎样拒绝接受这恩赐的缘故。

众所周知，与夕佳亭相邻的是拱北楼，其名出自“北辰之居其所而众星拱之”[1]。但是，如今的拱北楼，不同于当年义满号令天下时的样式，它是一百多年前重建的、当时流行的圆形茶室。由于在夕佳亭里没有见到老师，我想他应该在拱北楼。

我不想与老师单独见面。只要弓着身子沿着篱笆墙走，对面的人就看不见我。所以，我就弓着身子轻轻地走路。

拱北楼敞开着大门。像以往一样，能看见壁龛里挂着的圆山应举[2]的挂轴，还摆着一尊天竺舶来的白檀木雕的精美

1　语出《论语·为政篇》，借北极星位置不动，而众星环绕其旋转，比喻以德为政，天下归一之意。

2　圆山应举(1733—1795)，江户时代中期京都画坛大家。圆山派开山祖师。最初师从狩野派，受外国写实画法的影响，开拓了基于精细的自然观察的逼真新画风，擅长山水、花鸟、人物等。

佛龛，在岁月浸染下，白檀已经变黑了。此外，可看到佛龛左边的利休喜好的桑木多宝槅，以及隔扇壁画。独独不见老师的影子，我便从篱笆墙伸出头四处张望。

我看见在昏暗的壁龛柱旁边，有一个白色大包裹样的东西。仔细一看，正是老师。他蜷缩着穿着白衣的身子，把头埋在膝间，将两只袖子捂住脸，这样蹲在那里。

老师一动不动地这么蹲着，久久不见一点动静。反倒是看着老师的我，一时间百感交集。

我首先想到的是，老师莫非得了什么急病，正忍受着发作时的痛苦吧。我应该立即赶过去照料他才是。

可是，有其他的力制止我这么做。无论从哪一点来说，我都不爱老师，而且我已决心明天纵火，所以此类照料是伪善的。况且，我也害怕一旦过去照料，倘若老师对我表达感谢和情爱，我的决心就会被削弱。

我细细观察，发现老师并不像是发病的样子。即便如此，他现在这副样子，完全失去了自尊和威严，看上去卑微而可怜，近乎野兽蜷缩而睡之态。我看见他的衣袖微微颤抖着，好像有什么看不见的东西沉重地压在他的背上。

我思忖起来。这看不见的重物是什么呢？也许是苦恼吧，不然就是老师自身不堪忍受的无力感。

耳朵渐渐适应后，我听到老师声音极低地在念经，却听不清是什么经文。老师身上有着我们所不知道的黑暗的精神生活，与之相比，我曾经拼命尝试的小恶、犯罪和怠慢，都不值一提了。这个念头为了刺伤我的自尊心突然冒了出来。

没错。此时我发现老师蜷缩着身子的样子，很像云游僧被拒绝进入僧堂时，在山门外，终日在自己的行李上垂头打坐的那种“庭诘”[1]姿势。像老师这样的高僧，如果是模仿新来的云游僧的这种修行形式，那么其谦虚态度值得刮目相看。可是，我不知道老师是对什么对象，变得如此谦虚了？就像庭院树下的野草、树木的叶梢、蜘蛛网上的露珠等，对天上的朝霞表现出谦虚那样，莫非对于并不属于自身的本源性的恶和罪业，老师也变得谦虚了吗？以至于让自己还原为野兽的姿势加以体现？

“这是做给我看的！”我突然意识到。肯定是这样的。他知道我会经过这里，是为了让我看到才那样做的。老师终于醒悟到自己的无力，发现了这种不发一言地撕裂我的心，唤起我的怜悯感情，最终使我屈服的这种具有讽刺性的训诫方法。

事实上，当我神思恍惚地望着老师蜷缩一团时，差一点就被感动击垮了。虽百般否认，但此时，我即将迈进爱慕老师的分界线，则是毋庸置疑的。幸亏我想到“是做给我看

1　庭诘，禅宗的修行方式之一。即修行僧在门外，在自己的行李上，终日垂头打坐，直到获得许可进入寺院为僧为止。

的”，情况才发生逆转，我捕获了一颗比以前更冷漠的心。

我下定决心纵火，不再期待老师赶走我，就是在这个时候。老师和我已成为住在不同世界的人，不会互相影响了。我已然心无挂碍。可以不期待外力帮助，随心所欲地采取行动了。

随着朝霞退去，天空渐生层云。刺眼的阳光，消失在拱北楼的外廊上。老师一直在原地蜷缩着。我快步离开了那里。

*

六月二十五日，朝鲜爆发了战争。世界必将没落、毁灭——我的这一预感成真了。我必须抓紧行动。

第十章

其实去五番町的第二天，我就试过一次了。就是事先拔去了金阁北侧的板门上的两根二寸长钉。

金阁的第一层法水院有两个入口。东西各一个入口，都是对开的两扇门扉。老导游每到夜晚，会登上金阁，从内侧关好西门，再从外侧关上东门，并把门锁上。不过我知道，即使没有钥匙，也能够进入金阁。从东门绕到后面的北边的板门，宛如从背后保护着金阁内的金阁模型。那扇板门已是老朽不堪，只要拔去上下六七根钉子，便可轻松卸下来。钉子都已松动了，用手指就能拔出来。我尝试着拔了两根，用纸把它们包好，收进了抽屉最里头。几天过去了，没有人察觉。一周过去了，依然没有动静。二十八日晚上，我又把那两根钉子偷偷插回了原处。

那天目睹了老师蜷缩一团后，我终于下决心不再借助任何人之力了。就在那一天，我去了千本今出川，在西阵警察局附近的药房买了安眠药。起初店员给我拿了大约三十粒的一小瓶，我说要大瓶的，花一百日元买了一瓶一百粒的。随后，我又到紧邻西阵警察局南面的五金店，花九十日元买了一把四寸长刀刃的带鞘小刀。

夜晚，我在西阵警察局门前走了几个来回。警察局的多个窗户里亮着灯光，一个身穿翻领衬衫的刑警，夹着皮包匆匆地走了进去。没有一个人注意到我。过去的二十年，从没有人注意过我，这种状态一直持续至今。此时此刻，我还不引人注目。现在的日本，有成千上万不引人注目的边缘人，眼下我还属于这样的人。这样的人无论活着还是死掉，都无关社会痛痒，而这些人也具有让社会放心的因素。因此警察也不介意，瞧都不瞧我一眼。借着红色的朦胧门灯，能看见缺了“察”字的“西阵警察局”横写的石字招牌。

回寺庙的路上，我一直在琢磨今晚买的东西。这两样东西令我心情亢奋。

我买刀和药是为了防备万一，好一死了之。可是，表面上看，很像刚成家的男子，为了生活所需，购买家用物品似的，这使我很开心。回到寺庙之后，我对这两件东西仍是百看不厌。我把刀拔出刀鞘，舔了舔小刀的刀刃。刀刃立即蒙上一层哈气，只觉得舌头冰凉，然后品味到幽远的甘甜。这甘甜是从这薄薄的钢片深处，从无法抵达的钢的本质，微微渗透到舌头上的。这种明晰的形状，这种湛蓝色深海似的铁的光泽……它们和唾液一样都具有永远流连在舌尖上的清凉凛冽的甘甜。没多久，这甘甜也消失了。我愉快地想到，我的肉体终将沉醉于这种甘甜飞溅之中。我觉得死后的天空一定很明亮，犹如生前的天空一样。于是，我忘却了阴暗的想法。其实这个世界并不存在苦痛。

战后，金阁安装了最新式的火灾自动警报器。金阁内部达到一定的温度，警报就会在鹿苑寺办公室的走廊上回响。六月二十九日晚上，这个警报器不响了，发现故障的是老导游。老人在执事寮里报告此事时，碰巧我在厨房偷听到了。我就像是听到了老天爷激励我的声音。

可是次日三十日早晨，副司给安装警报器的工厂挂了电话，请他们派人来修理。好心的老导游还特地把这件事告诉了我。我紧咬着嘴唇。昨夜本是采取行动的好时机，可这么难得一遇的机会，又一次被我错过了。

到了傍晚，修理工才来。我们都一脸好奇地围观他修理故障。修理花了很长时间，工人好像犯了难，老是皱着眉头。围观的僧人一个接一个地离开了，我也跟着离开了。剩下的就是等工人修好后，试着拉响警报器，让警报传遍整个寺内。这对我来说，就是在等待绝望的信号……我等待着。直到金阁已被如潮般的夜色淹没，为修理工点亮的小灯还在闪烁。警报没有响。最后工人放弃了，撂下一句“明天我再来”，就走人了。

七月一日，工人说话不算话，没有来修理。而寺庙这边也没有特别的理由催促人家尽早来修理。

六月三十日，我又去了千本今出川，买了夹心面包和豆沙糯米饼。寺庙里不提供零食，所以我经常从仅有的零花钱里节省几个子儿，去那里买几块点心吃。

但是，三十日买来的点心不是为了果腹，也不是为了服用安眠药之需。准确地说，是因为不安才买的。

我思考着手里拎着的圆鼓鼓的点心袋与我的关联，我即将着手的完全孤独的行为与这种寒酸的夹心面包的关联……从阴沉沉的空中透下来的阳光，仿佛闷热的雾霭笼罩着古老的街道。我的背上悄然淌下了几道冷汗。我疲倦极了。

夹心面包与我的关联究竟是什么呢？我很清楚：面临实施计划，无论精神多么紧张和集中，我那孤独地存留下来的胃囊，即便到了那时候，恐怕也要寻求确保其孤独吧。我感觉自己的内脏，就像我饲养的丑陋且绝不被驯服的狗一个样，无论我的心多么清醒，肠胃那些钝感的内脏，仍旧兀自做着得过且过的美梦。

我知道自己的胃在梦想，知道它梦想的是夹心面包和豆沙糯米饼。即便我的精神正在梦想宝石，它照旧固执地梦想着夹心面包和豆沙糯米饼……事发之后，当人们对我的犯罪动机百思不解时，这夹心面包，必将提供恰如其分的线索。人们大概会这样说：

“那家伙肯定是肚子太饿了。这也不难理解嘛!”

*

那一天终于来到了。就是昭和二十五年七月一日。如前所述，看样子今天之内，火灾警报器是修不好的。到了下午六点，可以肯定修不好了。因为老导游又一次挂电话催促时，工人回答:“对不起，今天太忙了没时间去。明天一定去修。”

这天来参拜金阁的大约有上百人，因六点半就不让进了，人流已渐渐减少。老人打完电话，就结束了这一天的工作，他站在厨房东侧的土间里，望着小菜园发呆。

外面下着雾蒙蒙的细雨，从早上起断断续续地下到现在了。加上微风徐徐，并不觉得特别闷热。菜园里的南瓜花，在雨雾中呈现出星星点点的黄色。而油黑的阡陌上，上个月初播种的大豆已经出芽了。

老人每次想什么事的时候，总是扭动下巴，咔咔地咬合着镶得不服帖的假牙。他每天进行着千篇一律的讲解，越来越听不清楚，就是因为假牙不合适。别人劝他去矫正一下，他却不听。他凝神望着菜园子，自言自语着什么。他一咕哝，假牙就发出咔咔声，待声音停了，他又咕哝起来。我想，他多半是在抱怨警报器迟迟修不好吧。

听着老人含混不清的自言自语，我觉得他似乎在说，不管是假牙还是警报器，再怎么修理也是修不好的。

这天晚上，有位稀客来鹿苑寺看望老师。客人是昔日与老师一同参禅的僧友，如今是福井县龙法寺的住持桑井禅海和尚。和老师的禅堂僧友，说明和我父亲也是僧友了。

老师不在寺里，有人给老师的去处挂了电话。对方告知：再过一个小时左右老师就回去。禅海和尚这次来京都，打算在鹿苑寺留宿一两个晚上。

记得父亲曾不止一次愉快地谈起禅海和尚，可知父亲对他心怀敬爱。禅海和尚无论外表还是性格，都不愧是典型的粗犷豪放的禅僧。他身高近六尺，黑脸浓眉，说话声音大得震耳欲聋。

师兄弟来我房间传话，说禅海和尚想在等候老师回寺这段时间，和我聊聊天，我有些踌躇。因为我害怕禅海和尚纯粹而澄明的眼睛，会看穿我必须在今晚动手的企图。

正殿客殿的十二铺席房间里，禅海和尚正盘着腿，就着素斋，喝着会来事儿的副司端上来的酒。刚才师兄弟在给他斟酒，我来之后，便接替了他。我跪坐在禅海和尚对面，为他斟酒。我的背后是细雨绵绵的黑夜。禅海和尚只能望见我的脸和这梅雨季节的庭院夜晚，这两样都很暗淡的景色。

不过，禅海和尚是个很洒脱的人。一见到我，他就爽朗地说个不停："你长得很像你父亲啊。""你已经长这么大了。""你父亲的去世，实在让人惋惜啊！"

禅海和尚身上具有老师所没有的朴实，父亲所欠缺的力量。他的脸晒得黝黑，鼻翼大张，浓眉高高隆起，这面相就像是仿照能乐天狗面具制作出来的。要说他的五官不算端正。因内力过多而恣意外露，使得面部均衡被破坏，连那凸出的颧骨，也如南画中的山岩般嶙峋奇拔。

尽管这样一副尊容，在洪钟般大声说话的禅海和尚身上，却有着打动我内心的慈爱。这不是世间常见的慈爱，而是有如让过往旅人在树荫下歇息的、村头大树的粗大树根般的慈爱。是摸起来很粗糙的那种慈爱。聊着聊着，我开始警觉起来，在今晚这个关键时刻，自己的决心不能因遇到这种慈祥而动摇。于是，我又萌生了莫非老师是特地为我请来了这位和尚的怀疑，但又一想，为了我，特地从福井县把和尚请到京都来，是根本不可能的。禅海和尚不过是一位奇怪的偶然来访之客，是无比悲惨的结局的见证人而已。

装了二合[1]酒的白陶大酒壶喝空了。我施了一礼，到厨房去拿酒。两手捧着烫热的酒壶回来的时候，我心中生出了

1　合，日本度量衡制尺贯法中的体积单位，等于 0.1 升。

某种不曾体会过的感情。尽管自己从不曾产生希望得到别人理解的冲动，到了这个紧要关头，却渴望至少得到禅海和尚的理解。拿着酒返回来后，我给他劝酒时的眼睛与方才不同，闪烁着率真之光，禅海和尚应该也觉察到了。

“您觉得我这个人怎样?”我问道。

“嗯，看上去你是个本分的好学生。我不知道你私下里有什么嗜好，只可惜，现在比不了从前，你根本没有钱去消遣吧。你父亲和我，还有这里的住持，年轻时可是放浪不羁呢。”

“我看上去是个平凡的学生吗?”

“看起来平凡是最好的。平凡就挺好啊。平凡的人不会引人注意，多好啊。”

禅海和尚没有虚荣心。这往往是高僧容易陷入的流弊。由于他们具有鉴别从人物到书画古董等万物真伪的能力，所以有的高僧为了不被人耻笑其鉴定错误，而避免给出断言。当然也会当场发表禅僧式的独断之见，却总是留出怎样理解都可以的余地。而禅海和尚一看就并不是这样的人。他肯定是直抒己见的。他对于自己单纯而尖锐的目光所看到的事物，不会特意寻求什么意义。有意义也可，无意义也可。禅海和尚令我感到最伟大之处，就在于他观察事物的眼光，譬如看我这个人，他并不是单凭自己所看到的东西固执己见，而是从一般人的角度去看问题。对于禅海和尚来说，单单凭借主观世界并没有意义。我明白了禅海和尚所言之意，心情渐渐平和下来。只要在他人眼里我是个平凡的人，我就是平凡的人，纵然干出异常的行动，我的平凡也会像用筛子淘米一样留下来的。

不知不觉间，我把自己的身体看作一棵立在禅海和尚面前平静的枝繁叶茂的小树。

“就是说，人们看到我是什么样，我便怎样生活就行了吗？”

“那也不行。如果你干了什么出格的事，人们又会觉得你是那样的人了。因为人都很健忘啊。”

“那么人们所看到的我，和我所判断的我，哪一个比较持久呢？”

“二者都会马上中断的。即使你勉为其难地想使其持久下去，早晚还是会中断的。比方说火车在奔驰的时候，乘客是在车里的。火车一到站，乘客就必须从车里下来。行驶中断了，休息也就中断了。死亡虽说是最后的休息，可即便是死亡，能持续多久也是不可知的。”

“请看穿我的内心吧。”我终于憋不住说道，“我并不是您说的那样的人，请您把我的内心看穿吧。”

禅海和尚边喝酒，边审视着我。如同雨水打湿的鹿苑寺的巨大黑瓦房顶一般的沉默压在我的身上。我战栗起来。突然禅海和尚发出了朗声大笑。

“不用看穿。都写在你的脸上呢。”和尚这样说道。

我感到自己完完全全、毫无遗漏地被和尚理解了。我内心第一次变成了空白。就像渗入这空白的水一样，实施计划的勇气重新喷涌而出。

老师于晚上九点回来了。像平日一样，四名警卫出去巡夜了。一切都平静如常。

外出回来的老师与禅海和尚举杯对酌，深夜零点三十分左右，小僧徒引领禅海和尚回了寝室。随后老师说了声“开浴”，就去泡澡了。七月二日凌晨一点，打更之声已停，寺内静寂下来。雨悄无声息地下着。

只有我一个人仍坐在铺好的床铺上，观察着夜幕沉沉的鹿苑寺。黑夜逐渐增加着浓度和分量。我所在的五铺席储藏室的粗柱子和板门支撑着这古老的黑夜，令人肃然起敬。

我自言自语地体会着口吃的感觉。想说的一个词，就好比平时把手伸进口袋里找东西时，被别的东西钩住，怎么也掏不出来一样，让我着半天急，才说出口来。我内心世界的沉重和浓密恰似今夜一样，话语就像是从这深夜的水井里咯吱咯吱拽上来的沉重的吊桶。

“这就快了！再忍耐一下！”我想，“我的内心与外界之间的这把生了锈的锁，将会成功地开启，将会成为内心与外界的通风口，风能够通行无阻地从这里吹过去。吊桶会身轻如燕地升上来，一切都将如广阔原野般展现在眼前，密室必将被打破……这景象已近在眼前，我快要触摸到它了……”

我陶醉在幸福中，在黑暗中坐了一个小时之久。我感到从小到大从没有像此时这么幸福过……突然，我从黑暗中站了起来。

我蹑手蹑脚走到大书院的后院，穿上早已预备好的草鞋，冒着细雨，顺着鹿苑寺内侧的河沟，往作业场所走去。那里没有堆放木材，弥漫着散落一地的木屑被雨淋湿后发出的气味。此处贮藏着寺庙买来的稻草。因为每次都要买四十捆。现在已经差不多用完了，今晚还剩下三捆堆在那里。

我抱起这三捆稻草，绕过菜园回去了。厨房那边一片寂静。我从厨房拐过去来到执事寮后面时，那里的厕所窗户突然亮了。我马上蹲了下来。

厕所里响起了咳嗽声，听声音像是副司。接着就哗哗地撒起尿来，这声音格外长。

怕稻草被雨水打湿，我用胸脯护着稻草。在微风摇曳的羊齿草丛中，因下雨而愈加难闻的厕所臭气盘桓不去……哗哗的撒尿声停止了，又传来因没站稳，身子碰撞板墙的声音。副司似乎不太清醒。窗里的灯熄灭了。我又抱起三捆稻草，朝大书院后面走去。

说到我的财产，只有一只装随身物品的柳条箱和一只破旧的小皮箱。我早就想把它们都烧掉了。今晚，我已经将书籍、衣物、僧衣和零碎东西全都装进了这两只箱子里。我做事够细致的吧。此外，搬运中容易发出响声的东西，比如蚊帐吊钩，或者因烧不化而留下证据的东西，如烟灰碟、玻璃杯、墨水瓶之类，我都用坐垫裹上，再用包袱皮包起来，另外单放。还有一床褥子和两床棉被是必须烧掉的。然后，我把这些大件行李一件件搬到大书院后面的出口处叠放起来。最后，我便去拆卸金阁北侧的板门了。

一根根钉子就像插在松软的土里，轻而易举地拔出来了。我用身体支撑着倾斜下来的板门，可是这濡湿了的朽木碰到我的脸上，感觉又湿又暄软。它并没有想象的那么沉重。我把拆卸下来的板门放倒在身旁的地上。暴露出来的金阁内部漆黑一片。

板门的宽度，斜着身子刚好可以进去。我让自己潜身于金阁的黑暗中。突然黑暗中出现了一张奇妙的面孔，吓了我一大跳。原来是划着火柴时，我的脸映在了入口处金阁模型的玻璃罩上。

虽说很不是时候，我却盯着玻璃罩内的金阁看出了神。这小小金阁的影子，映在火柴微光中，恍如在月亮下颤巍巍地摇曳不止，其纤细的木结构惴惴不安地瑟缩着。这景象忽而又被黑暗吞噬了。这根火柴燃尽了。

像我某日在妙心寺里看见的那个学生那样，不放心燃剩的火柴，万分小心地把它踩灭，实在匪夷所思。我又擦着了一根火柴。经过六角经堂和三尊像前，来到功德箱跟前时，我看见功德箱上面投币用的一道道木条的影子，随着火苗晃动起伏着。功德箱后面有一座奉为国宝的鹿苑院殿道义足利义满木雕像。那是一尊身着法衣的坐像，衣袖长长地拖于身体左右，右手执笏，左手横握。圆睁双目，小光头，脖颈遮挡在法衣领子里。他的眼睛在火柴亮光中闪闪烁烁，我并不惧怕。看起来这尊小像很是阴惨，虽然威严地坐在自己建的宅邸一隅，可看似很久以前就完全放弃统治了。

我打开了通向漱清亭的西门。前面说过，这扇双开门是从内侧打开的。下雨的夜空比金阁内部更明亮。潮湿的门扉吸收了低沉的开门声，将饱含微风的暗蓝色夜气引了进来。

“义满的眼睛，义满的那双眼睛。”我从门内跃出门外，跑回大书院后面去的这段时间，一直在思考。“所有一切即将在那双眼睛跟前施行。在那双什么也看不见的死了的证人眼前……”

在我奔跑时，裤兜里发出了响声。是火柴盒的响声。我停住脚步，往火柴盒里塞满花纸，消除了声音。另一个裤兜里装着裹了手帕的药瓶和小刀，不会发出响声。夹心面包、糯米饼和香烟放在上衣口袋里，原本就不会有声音。

随后我进行了机械性作业。我将叠放在大书院后门处的行李，分四次搬到金阁的义满像前。最先搬的是摘去吊钩的蚊帐和一床褥子。第二次是两床棉被，然后是皮箱和柳条箱，最后是三捆稻草。我把这些东西胡乱堆成一堆，将三捆稻草夹在蚊帐和棉被之间。一般来说蚊帐最容易着火，我就把它摊开，一半覆盖在其他行李上。

最后我又踅回大书院后面，抱起那个裹着不易燃物品的包袱，奔向金阁东端的池畔——能从眼前的池水中看见夜泊石[1]的地方。因上方有几株松树遮挡，多少可以避避雨。

池面上映出灰蒙蒙的夜空，然而茂盛的水藻宛如连接成片的陆地，只有透过零零散散的缝隙才能窥见池水。细雨在这里还没有激起波纹。烟雨迷蒙，水汽升腾，水池看似无边无际。

我将脚边的一粒小石子踢进水中，激起的巨大水声，震得我四周的空气都快要破裂了。我怵然肃立，不敢动弹，想靠沉默消除刚才不小心弄出的响声。

我把手伸进水中，马上被温乎的水藻缠上了。我先松开浸在水中的手，将蚊帐的吊钩扔下去，再将烟灰碟滑进水里，玻璃杯、墨水瓶也以同样的方法扔进了水里。该扔进水里的东西都扔完了。我身旁只剩下包裹这些东西的坐垫和包

1　夜泊石，日式园林中的一种石组景致，五个石头排成一列，就像运河上小船夜泊时的场景。

袱皮了。最后要做的就是把这两件东西拿到义满像前，然后点火。

这时，我突然特别想吃东西，是因为一切都太顺利了，反而生出受到背叛的感觉。昨天吃剩的夹心面包和糯米饼还在口袋里。我把湿漉漉的手往衣服底襟一抹，狼吞虎咽地吃起来。没有吃出什么味道。肚子在叫，我顾不上味觉，只想尽快将点心塞进嘴里。心脏在剧烈跳动。终于吞咽下去后，我捧了几口池水喝。

……我距离采取行动只有一步之遥了。为此而进行的漫长准备，已全部告终。我站在万事俱备的跳台上，只需一跃而下了。只待举手投足之劳，我就可以顺利完成计划了。

我做梦也不曾想过，在这二者之间，足以吞噬我此生的巨大深渊已经张开了大口。

因为此时我望着金阁，向它做最后的告别。

金阁淹没在雨夜的黑暗中，轮廓飘忽不定。它漆黑一团，犹如黑夜结晶般在那里屹立着。凝神细看，才好歹辨认出到了三层的究竟顶，骤然变尖的结构，以及细柱林立的法水院和潮音洞。曾经那样令我激动的细部，却融化进了一片黑暗之中。

然而，随着我对于美的回忆逐渐清晰，这黑暗变成了能够肆意描绘幻觉的画布。在这黑黢黢的蜷缩般的形态中，隐藏着我所认识的美的东西的全貌。我凭着回忆之力，让美的细节逐一从黑暗中闪烁出来，这闪光传播开去，金阁终于在分辨不出是白昼还是黑夜的不可思议的时间之光下，渐渐变成了清晰可见的东西。金阁的各个角落，从未以如此完整精细的姿态，光闪闪地出现在我面前。我仿佛将盲人的视力当作自己的视力了。因自身发出的光而变得透明的金阁，让人从外面也能一清二楚地看到潮音洞的天人奏乐藻井画和究竟顶墙壁上斑驳的旧金箔。金阁纤细精巧的外观，与其内部浑然一体了。其结构和主题明了的轮廓、使主题更具体化的细节的精致重复和装饰、对比与对称的效果，都能一览无余了。法水院和潮音洞的同样宽敞的两个楼层，虽显示出微妙的差异，但二者处在深屋檐的庇护之下，宛如两个非常相似的梦境、一对非常相似的快乐纪念般重叠着。若只是单层屋檐，会被人忘却，而上下两层，则易于相互参照，从而梦境成为现实，快乐成为建筑。但是，第三层究竟顶，因其被赋予了骤然攒尖的形态，使其一度被确认的现实崩溃了，被那黑暗而辉煌的时代的高迈哲学所控制，最终不能不服从于该哲学。故而，板葺屋顶高耸，金凤凰直抵无明的长夜。

建筑家并不会满足于此。他还在法水院西侧，建造了类似钓殿的小巧玲珑的漱清亭。他似乎试图凭借打破均衡，来赌一把一切美所具有的力量。在此建筑上，漱清是反抗形而上学的。尽管它并非长长伸向池水上面，却看似从金阁的中心，可以逃遁到任何地方去一样。漱清，就像一只从该建筑展翅腾飞的鸟，刚刚从该建筑朝着水池，朝着一切现世之物逃遁了。这构思意味着，从规范着世界的秩序朝着无规范之物，抑或是通往官能之桥逃遁。应该说，金阁的精灵，就是从这座断桥般的漱清开始，成就了三层楼阁，复又从这座桥逃遁而去的。究其原因，是池水上荡漾的莫大的官能力量，虽然是建筑金阁的隐形力量源泉，但这种力量在完全建立起秩序，造就出了美轮美奂的三层楼阁之后，便无法再屈居于此了。它只能沿着漱清，再一次朝着池水，朝着无限的官能的涟漪之中，朝着美的故乡逃去了。所以每当眺望笼罩在镜湖池上的朝雾和夕霭时，我都会想，原来那里才是建起金阁的无穷官能力量的栖身之所。

而且，美统一了建筑各部分之间的纷争和矛盾，以及一切不协调，并君临其上！它如同用泥金一字一字地、准确抄录在藏青色纸本上的纳经[1]一样，是一座在无明的长夜里，用泥金筑就的建筑。只是我不知道，美是金阁本身，还是与这包裹金阁的虚无之夜等质的东西。恐怕这二者都是美。美既是细节也是全体，既是金阁也是包裹金阁的黑夜。这样一想，曾经令我烦恼的不可思议的金阁之美，便明白了一半似的。之所以这么说，因为细细观察金阁细节之美、其柱子、

1 纳经，为追善供养而抄写经文，献纳给寺院、神社。

勾栏、悬窗、板门、花头窗、宝形造的屋盖……其法水院、其潮音洞、其究竟顶、其漱清……乃至其池水投影、诸小岛、松树、夜泊石等细节之美，便可知美绝对不会终止于细节，完成于细节，因为任何部分中，都蕴含着下一部分之美的预兆。细节之美是由其自身的不安定填充着的。那是梦想着完美却不知完结、不断被唆使追求新的美、未知之美。而且，预兆联结着预兆，这里并不存在的一个个美之预兆，构成了所谓金阁的主题。这种预兆，实乃虚无之兆。而虚无正是这美的构造。在这里，美的这些未完成的细节中，自然而然地蕴含了虚无的预兆。这座精工细料的建筑，宛如瓔珞随风颤动一般，因虚无的预兆而战栗着。

即便如此，金阁之美从未中断过！它的美总是在什么地方回响着。我就像个患了耳鸣的人那样，只听见到处都回响着金阁之美，并习以为常。用声音比喻的话，这建筑犹如长达五个半世纪一直在鸣响的小金铃，或是小古筝那样的东西。这声音要是中断的话……

我突然感到极度疲劳。

幻觉中的金阁仍然清晰地浮现在黑幽幽的金阁上方。它没有收敛其璀璨。水边的法水院的勾栏貌似谦虚地隐退了，其房檐下由天竺式插肘木支撑的潮音洞的勾栏，幻梦般朝着池水挺着胸膛。屋檐因池水的反光而明亮，荡漾的水中倒影晃动不停。当夕阳西照、月光如水时的金阁，呈现出像是流动的东西，或展翅欲飞的东西，皆是这池水反光之故。因水波的反光，导致坚固的形态束缚被解开了，此时的金阁，仿佛是永远晃动不停的风或水或火焰那样的材料建造的东西。

金阁的美是独一无二的。我知道我的极度疲惫来自哪里。在这最后的机会，美又发挥了它的力量，试图用无数次击垮我的无力感将我束缚。我的手脚发软了。刚才我距离采取行动已近在咫尺，此时再次大大后退了。

“我已经做好了所有准备，只差最后一步了。”我喃喃自语，“既然行动本身已经化作完美的梦想，我已经完美地在那梦想中活过了，还有必要采取行动吗？那不是徒劳之举了吗？”

“柏木说的或许是对的。他说‘改变世界的不是行为，而是认识’。其实还有企图逼真地模仿行为的认识。我的认识就属于这种。使行为完全变得无效，也属于这种认识。由此可见，我所做的长期周到的准备，岂不是应归咎于不采取行为也可以，这种最后的认识吗？

“请看，此时此刻，行动对我来说，不过是一种剩余之物。它就像是从人生中从我的意志中挤出来的、冰冷的铁制机械一样，在我面前等待启动。该行动和我之间，似乎风马牛不相及。就是说，在此之前，我还是我自己；行动之后，我就不是我这个人了……为什么我非要变成非我呢？”

我倚靠在松树根部，那潮湿冰凉的感觉令我陶醉。这种感觉，这种冰凉，让我感到我就是我。世界以其原有的形态停止运转，无欲也无求，我已经心满意足了。

“我这么疲惫是怎么回事呢?”我想，“只觉得浑身燥热，倦怠无力，手都不听使唤。我一定是生病了。”

金阁依旧熠熠生辉。恰似那位“弱法师”[1]俊德丸所看到的日想观[2]的景色一样。

那是双目失明的俊德丸所看到的落日余晖舞蹁跹的难波海。他看到的是晴空万里下的淡路绘岛、须磨明石，以及纪之海在夕阳残照下粼波闪闪……

我的身子变得麻木了，泪流不止。就这样坐待天明，被人发现也无所谓。我一句话也不会辩解的。

……到此为止，我似乎一直在诉说幼时记忆的无力，应该说突然复苏的记忆，有时候也会给我带来起死回生的力量。过去并不仅仅将我们拖回到过去。过去的种种记忆，尽管数量不多，却有着坚韧的钢发条。此时的我们，一触到过

1　弱法师，源自观世元雅的谣曲。讲述因谗言而被逐出家门的俊德丸，成为盲人乞丐(弱法师)四处流浪，其父左卫门尉通俊，为儿子在天王寺进行施舍时，父子重逢，一起回归故乡的故事。

2　日想观，《观无量寿经》上所说的十六观之一。即面向西方，观看落日的情景，向往净土。据说此乃彼岸会之始。

去，发条便会伸长，把我们弹回到未来。

我的身子虽然麻木了，心却一直在记忆中的什么地方摸索着。某些词语时隐时现，忽而即将够到心灵之手，忽而又消失不见了……那个词语在呼唤我。想必是为了鼓励我，它正在向我靠近。

> 向内向外，逢着便杀。

……这是《临济录》“示众”一章中最著名一节的最初一行。下面的词句随之浮现出来了。

> 逢佛杀佛，逢祖杀祖，逢罗汉杀罗汉，逢父母杀父母，逢亲眷杀亲眷，始得解脱。不与物拘，透脱自在。

这佛语将我从深陷的无力中弹了出来。我顿时浑身充满了力量。虽说如此，心中某个地方，仍在执拗地告诫我，下面我必须做的事情是徒劳的。但我的力量，使我不再惧怕徒劳之事了。正因为是徒劳的，才必须做。

我将蒲团和包袱皮团成团儿夹在腋下，站了起来，举头望向金阁。金碧辉煌的梦幻金阁逐渐模糊不清。勾栏徐徐被黑暗吞没，林立的柱子已经看不清楚了。水面没有了光亮，檐下的反光也消退了。不久，细节统统隐没在黯夜中，金阁只剩下一个纯黑的模糊轮廓。

我奔跑起来，绕过了金阁北面。脚下已经是轻车熟路，不会摔倒的。黑暗引导着我不断前行。

我从漱清一侧，跑进了金阁西侧的板门——那敞开的双开门内。然后将夹在腋下的蒲团和包袱皮，扔到了堆积的行李上面。

我的胸口怦怦乱跳，湿了的手微微颤抖着。更糟糕的是，火柴也湿了。第一根没有划着；第二根刚划着就灭了；第三根是我用手遮挡着风，才好不容易划着的。

我借着亮寻找稻草，因为刚才自己四处乱塞那三捆稻草，结果忘了塞在哪儿了。等找到稻草，那根火柴已燃尽了。我蹲下来，这回一次划着了两根火柴。

小火苗照出了那堆稻草的复杂影子，呈明亮的枯野之色，一点点向四方蔓延。火隐身在紧接着冒出的浓烟里。然而，从意想不到的远处，火焰点燃的绿色蚊帐鼓胀起来，四周骤然变得热闹了。

我的脑子此时异常清醒。火柴数量有限。我又跑到了另一个角落，更加小心地划着一根火柴，点着了另一捆稻草。燃烧起来的火苗，使我放了心。以前和朋友点篝火时，我就是最灵巧的。

在法水院内部，一个巨大影子摇曳起来。中央的弥陀、观音、势至三尊佛像，被火光映得红彤彤的。义满像的眼睛闪烁着光辉。这尊木像的影子也在它背后晃动着。

我根本没有感到灼热。目睹火势蔓延到了功德箱，我觉得已经不用担心了。

我早已把安眠药和短刀忘在了脑后。“我要在这熊熊烈火中死在究竟顶”之念突然袭上心头。于是，我从火焰中逃出，跑上了狭窄的楼梯。登上潮音洞的门怎么是开着的，我没有觉得奇怪。因为老导游忘了关上二层的门。

浓烟已经迫近我背后。我咳嗽着看了看号称惠心[1]之作的观音像和天人奏乐的藻井画。弥漫在潮音洞的烟越来越浓重了。我又登上了一层，想打开究竟顶的门。

门打不开。三层上着锁呢。

我敲起了那扇门。敲门的声音虽然很大，我却根本听不见。我拼命地敲那扇门，因为我觉得会有人从究竟顶内部给我开门的。

此时，我之所以向往着究竟顶，一是因为，那里是自己的绝命之所；还因为烟火逼近了，为了逃生而急切地敲门。门内只有一个三叠大的四方小屋。而且，此时我痛切地梦想

1　惠心(942—1017)，本名源信。住在比叡山惠心院的平安时代中期天台宗高僧，擅长绘画雕刻，佛画惠心派之祖。著有《一乘要诀》《往生要集》等。

着，尽管如今已是斑驳陆离，但那个小房间里应该贴满了金箔。我在敲门时，有多么憧憬那耀眼的小屋，简直无法用语言来表达。我一心想着只要能进去就行。只要进入那个金色的小房间就没事了……

我拼尽全力敲着门。手不够用了，就用身体去撞门。门还是打不开。

潮音洞已经浓烟滚滚了。脚下噼里啪啦地响个不停。我被浓烟呛得快要窒息了。我一边咳嗽一边敲门。门还是打不开。

一瞬间，我清醒地意识到被拒于门外了，便做出了果断的决定。我转身跑下了楼梯，冒着滚滚浓烟下到了法水院，也说不定我是从火里冲出来的。终于跑到西门，飞身跳出了门外。然后，我像韦驮天一样狂奔起来，连自己也不知道要往哪里跑。

……我拼命往前奔跑着。到底跑了多远，实在超乎想象。经过了哪些地方我也不记得了。大概是从拱北楼旁边出了北后门，途经明王殿，跑上了细竹、杜鹃丛生的山路，一口气登上了左大文字山的山顶。

我记得是左大文字山顶，它是从正北面护卫金阁的山。我躺倒在赤松树荫下的竹丛中，大口喘着粗气，好让自己剧烈跳动的心平静下来。

因小鸟受到惊吓而发出的叫声，我才恢复了意识。一只鸟就擦着我的脸颊，拼命扇动着翅膀飞走了。

我仰面朝天躺在地上，眼睛望着夜空。成群结队的鸟儿鸣叫着掠过赤松的树梢。已有零散的火星在空中浮游。

我站起身来，向远在山谷中的金阁俯视。从那边传来了异样的声音，好像是放爆竹的声音，又好像是无数人的关节同时咔吧作响似的声音。

从这里看不见金阁的外观了，只能看见浓烟飞卷、火光冲天。无数火星在林间回旋飘舞，金阁的上空恍如播撒了漫天金沙。

我盘腿坐下，久久眺望着这情景。

忽然，我意识到，自己浑身上下都是烧伤和擦伤，还流着血。手指也在渗血，看来是刚才敲门时受的伤。我像一只逃生后的野兽似的，舔了舔手指的伤口。

我摸索口袋，掏出了小刀和手绢裹着的安眠药瓶，把它们扔进了谷底。

我又在另一个口袋里摸到了香烟，点了支烟抽起来。就像人们干活儿告一段落，抽支烟小憩时，常常会这么想一样。我想，我一定要活着！

一九五六年八月十四日

译后记

接到雅众邀约翻译《金阁寺》时，虽然自己翻译过包括《晓寺》在内的三岛由纪夫多部作品，但面对这样一部名篇，且已有多个优秀译本问世，还是倍感压力，在翻译的过程中，慎之又慎，如履薄冰，终于交稿付梓时，不禁有种如释重负之感。

早在三十多年前，第一次赴日访问时，目睹金碧辉煌的金阁寺，深感震撼，留下了极深刻的印象。而后每次去日本，几乎都要去京都一睹其风采。翻译小说中对金阁栩栩如生的描绘时，美丽的金阁寺历历如在眼前。能够有机会翻译这部享誉世界的名作，实在是作为译者的荣幸。

尽管如此，对于金阁寺的了解却很肤浅，直到翻译这本书时，才得知如此美轮美奂的寺庙，曾经被付之一炬，现在看到的是重建后的样子，愈加为历经磨难的金阁而感慨万千。作者选取这样一个题材，将一个纵火者设定为主人公，探索主人公从崇拜金阁发展到焚毁金阁的心路历程，虽说眼光独到，却是一个极具冒险性和挑战性的文学创作，然而正是通过这一冒险，三岛“才有可能创造出最现代的、也是最纯粹的艺术”（中村光夫）。《金阁寺》出版后，获得文坛的高度评价，著名评论家奥野健男认为“这是三岛文学的最高水平，三岛美学的集大成”。《金阁寺》的成功，奠定了三岛的文坛地位，并成为最早引起国际上注目的三岛作品之一。迄今为止，三岛依然是日本文学在西方最负盛名的作家。

三岛在日本现代文学史上，乃至世界文学史上都算得上是一个颇具才华，又颇富争议的作家。透过他的代表作《金阁寺》便可窥见一斑。《金阁寺》以战败后的日本社会为背景，通过沟口和金阁的纠葛，探索了人与物、理想与现实、瞬间与永恒、毁灭与拯救、美与丑等理念之间错综复杂又变幻不定的矛盾关系。

三岛依据纵火者的一句“我不能压抑对美的嫉妒……我悟到要与金阁情死”，而触发了写作的欲望，经过六年的思考和采风，动笔创作了《金阁寺》。三岛从沟口遭人唾弃的反社会行为中，深入挖掘其放火的内在必然，籍此来揭示自己的“毁灭美学”观，探究美的本质，展现出凌驾于现实素材之上的观念性艺术世界。

作品中的金阁始终是一个参照物，是梦幻般的存在，而现实中的社会、人性却无不丑陋不堪，几个主要出场人物，从有为子、柏木、到母亲、住持，各有其丑陋的一面。而象征日本传统美的金阁寺，经历战乱仍屹立不倒，愈发映衬出战后日本社会的衰败，令人憧憬的美丽金阁逐渐令人诅咒了。这一悲剧性冲突的设定，折射出三岛面对日本战败的虚脱心态，对日本传统的爱憎交集，作者自幼形成的对日本古典美的“永恒”与“绝对”的追求，遭遇了战败的重击，只有毁灭自己心目中原有的理想美，才能走入现实人生。金阁寺主人公的心理变化过程，在某种意义上体现了作者的内心纠结，其结果，势必是将走入现实人生与“作恶”“毁灭”联系在了一起。

三岛借金阁的命运，比喻艺术与人生的关联，尽管金阁一直是主人公的精神支柱，但也成为其人生的阻碍。主人公试图以烧毁金阁的疯狂之举来冲破金阁的桎梏，以求在现实中活下去，揭示了只有打破幻影，才能重获新生这样一个文学主题，如同小说中屡次提及的“南泉斩猫”的公案所寓意的那样。可见在三岛的笔下，罪犯沟口不过是个在丑陋的外部世界重压下苦苦挣扎的弱者。那么，这把火象征的是沟口个人的拯救，还是作者的自我救赎，抑或具有更广阔的意义？作者究竟想告诉读者什么，只能见仁见智了。

这部看似情节简单，却相当费解的小说，集中体现了三岛怪异的美学思想和文学追求，无论是刻画人物、描绘景致，还是心理描写，情节构成，都称得上精雕细刻，堪称完美，达到了形式与内容的高度结合。加上装饰性修辞，曲折独特的表达，这些都给译者带来了更高的要求。必须深入了解作者的创作初衷，文学理念，风格特点，才能较为准确而全息地传递原作的风貌。非常希望通过译者的努力，给读者带来对三岛文学美的享受。

竺家荣

二〇二〇年十一月于北京

图书在版编目（CIP）数据

金阁寺 /（日）三岛由纪夫著；竺家荣译 . — 北京：北京联合出版公司，2021.1
ISBN 978-7-5596-4721-4

Ⅰ . ①金… Ⅱ . ①三… ②竺… Ⅲ . ①长篇小说—日本—现代 Ⅳ . ① I313.45

中国版本图书馆 CIP 数据核字（2020）第 222690 号

金阁寺

作　　者：［日］三岛由纪夫
译　　者：竺家荣
策划机构：雅众文化
策 划 人：方雨辰
出 品 人：赵红仕
特约编辑：蔡加荣
责任编辑：牛炜征
装帧设计：typo_d

北京联合出版公司出版
（北京市西城区德外大街83号楼9层　　100088）
北京联合天畅文化传播公司发行
山东临沂新华印刷物流集团有限责任公司印刷　　新华书店经销
字数165千字　　787毫米×1092毫米　　1/32　　9印张
2021年1月第1版　　2021年1月第1次印刷
ISBN 978-7-5596-4721-4
定价：52.50元